Timandra

THEODOR KALLIFATIDES

Timandra

Traducción de
Carmen Vilela Gallego

Galaxia Gutenberg

Título de la edición original: *Τιμάνδρα*
Traducción del griego moderno: Carmen Vilela Gallego

Publicado por
Galaxia Gutenberg, S.L.
Av. Diagonal, 361, 2.º 1.ª
08037-Barcelona
info@galaxiagutenberg.com
www.galaxiagutenberg.com

Primera edición: marzo de 2022
Segunda edición: mayo de 2022

Preimpresión: Maria Garcia
Impresión y encuadernación: Ulzama digital
Depósito legal: B 125-2022
ISBN: 978-84-18526-30-5

Estaba acostado junto a mí, desnudo. El resplandor de la lumbre en el hogar se reflejaba en su frente y confería a sus gotas de sudor un brillo de piedras preciosas. En ese preciso momento se oyeron unos pasos. Quedé petrificada. Él respiraba profunda, serenamente.

–Alguien viene –dije.

–Que venga quien quiera –me respondió–, hace veinticinco años que los estoy esperando.

Se giró sobre el lado derecho. Un instante después ya estaba dormido. Dormía siempre del lado derecho.

–No puedo dormir del lado izquierdo –me había explicado–, no puedo dormir sobre el corazón. Mi corazón no duerme jamás.

Lo miré vacilante, con un vago sentimiento de pudor que me hizo entornar los párpados. Muchos hombres habían yacido a mi lado con el mismo abandono; hombres famosos, ricos, poderosos. Incluso una o dos mujeres.

A todos los observaba mientras dormían. Me gustaba ver la paulatina transformación de su rostro, del éxtasis del placer a la irrupción repentina de los sueños. Sin embargo, mirarlo a él me daba pudor. A mí, que con frecuencia empleaba el pudor como aderezo y de tanto en tanto con simples soldados como artimaña de seducción.

¿Quién soy? ¿Quién era el hombre que estaba junto a mí? ¿Quiénes los que se estaban acercando?

Preguntas sencillas y, sin embargo, necesarias. Si pretendes exponer tu opinión personal es preciso que digas tu nombre.

Son requisitos de nuestros tiempos. Nuestro testimonio no se tiene en cuenta sin una firma.

Me llamo Timandra. Mi nombre significa «la que honra al hombre» y eso es lo que he estado haciendo toda mi vida. Podría decir que es mi oficio, del que se afirma erróneamente que es el más antiguo del mundo. Soy hetera.

Hetera, prostituta, meretriz, vendedora de placer, mariposa de la noche o cualquier otro de los eufemismos que suelen utilizarse, no es un oficio especialmente antiguo. Al principio ni siquiera era un oficio. Mujeres y efebos han sido siempre objetos del placer de los vencedores y continúan siéndolo. Lo profesionalizaron algunas mujeres célebres: Nicó de Samos, Calistrata de Lesbos, Filení de Leucada.

Esas mujeres transformaron la esclavitud en profesión. Estoy segura de que aún hoy algunos sonríen detrás de sus bigotes cuando llamo a este trabajo profesión, pero mejor prostituta que político, pues, como suele decir mi amigo el cínico Leandro, «el político tiene que satisfacer al mismo tiempo al mayor número posible de personas. La hetera no tiene la obligación de hacer lo mismo».

Mi nombre es Timandra y soy hetera. He viajado mucho. Iba a donde requerían mis servicios y, cuando era niña, a donde requerían a mi madre. Ella era hetera también, y puede que haya recibido su nombre de algún varón, porque, ¿quién si no llamaría Teodoti «el don de dios» a una mujer?

Hubo una época en que mi madre hacía sombra a todas las heteras de Atenas, y recuerdo un día en que Sócrates vino a nuestra casa acompañado de algunos jóvenes, entre ellos un tipo huraño que se llamaba Jenofonte.

El filósofo estaba, como de costumbre, de buen humor. Al entrar encontró a mi madre medio desnuda. Un joven pintor, ahora famoso pero por entonces completamente desconocido pues acababa de llegar de Heraclea, la estaba pintando. Sócrates la miró con atención y, volviéndose a sus acompañantes, dijo:

–Amigos, ¿quién debe estar agradecido a quién?, ¿nosotros, que gozamos de la belleza de Teodoti, o Teodoti que nos la muestra?

Yo estaba escondida detrás de una columna y a hurtadillas escuchaba la conversación. No me acuerdo de todo lo que dijeron, sólo recuerdo que Sócrates le daba consejos sobre cómo conservar a sus admiradores y cómo hacer que otros cayeran en sus redes.

–Pero yo no tengo ninguna red –respondió mi madre.

–Tienes la más perfecta red que existe. Tu cuerpo.

Aquella noche me quedé un buen rato ante el espejo tratando de descubrir si mi cuerpo se parecía a una red. No se parecía en absoluto, y me sentí defraudada. Las comparaciones son peligrosas. Nos decepciona la realidad, en lugar de decepcionarnos la comparación. Más tarde me sentiría defraudada muchas veces, hasta que aprendí a elegir mis propias comparaciones.

*

Soy Timandra, la hija de Teodoti. A veces, cuando mi madre estaba de mal humor, me recriminaba que por mi culpa había tenido que retirarse de la profesión demasiado pronto. Porque quería ocuparse de mí personalmente, no quería que me criaran esclavas.

Pero lo cierto es que tenía otras aspiraciones. Quería destacar por encima de todas las mujeres de Atenas, eclipsar incluso a Aspasía, que de hetera llegó a casarse con Pericles. No es que fuera su rival; todo lo contrario, compartía con ella los secretos de su arte, un arte que había aprendido complaciendo los deseos de clientes exigentes de Sardes y Mileto.

Aun siendo atractivos, los atenienses y los espartanos eran mejores en el terreno del honor que en la cama. Mi madre había tenido trato con sátrapas persas de piel oscura, comerciantes de Lidia, de ojos color miel; había complacido a poetas de hermosos rizos en la más dulce de las islas, Chipre, donde el viento del este traía el penetrante aroma de los cedros, y donde la diosa del placer, nuestra patrona y maestra, Afrodita de hermosos senos, había nacido del deseo amoroso de los hombres y de la espuma del mar.

–A ella la hice mujer –decía mi madre, refiriéndose a Aspasía–, pero a ti te haré reina.

Y poco le faltó para tener razón. Llegué a ser casi reina. Al menos, encontré a mi rey. Pero él prefería la lucha por el trono más que el trono mismo. A Pericles no lo traté nunca. Lo vi una vez, y ese mismo día conocí al hombre que ahora duerme tranquilo a mi lado.

La gran guerra entre Atenas y Esparta había cumplido ya su primer año. Ni los atenienses ni los espartanos habían conseguido grandes logros, pero muchos hombres jóvenes habían muerto. Veintiocho años duraría la guerra. Nadie hubiera podido imaginarlo. Quizá nadie lo quería, pero así fue.

Era el primer invierno de la guerra, y los primeros muertos. A veces me parece que nos importan más los muertos que los vivos. No sé a qué se debe este hecho. Es como si no creyésemos que las personas ya no están, y nos ocupamos de nuestros difuntos como si siguieran vivos en alguna otra parte.

Los llantos y las exequias solemnes ayudan a los vivos, no a los muertos.

Por otra parte, los atenienses tenían sus propias ceremonias. En cuanto llegó el otoño y las operaciones bélicas se interrumpieron, reunieron los huesos de los difuntos en féretros construidos de madera de pino aromático.

Once féretros. Uno por cada una de las diez tribus de Atenas y el undécimo, vacío, en honor de los desaparecidos. Durante tres días, los atenienses estuvieron despidiendo a sus muertos y constantemente se oían lamentos, cantos fúnebres y sinceros, aunque los discursos eran inútiles.

Yo tenía diez años por entonces. No había conocido a mi padre; ni siquiera sabía quién era. Mi madre me consolaba; tampoco ella sabía quién era.

–¡Las heteras llegan a ser madres! –me dijo–, pero sus hijos rara vez tienen padre.

De modo que me lo imaginaba como quería y su falta se me antojaba una suerte de libertad. Los demás niños veían cada día el rostro de sus padres, no podían ir más allá de los límites que marca una cara determinada. Yo, en cambio, podía elegir. Buscaba a alguien que se me pareciera, pues los otros niños se parecían a alguien. Ellos tenían un espacio concreto; yo, una calle.

Aquel soleado día de otoño en que los atenienses iban a enterrar a los primeros muertos de la gran guerra había decidido que mi padre tenía que ser Pericles. Y tenía la libertad de creerlo. Seguramente había otros niños que soñaban con que Pericles fuera su padre, pero carecían de la libertad para creerlo.

Según la costumbre, el primer mandatario de la ciudad pronunciaría el discurso fúnebre. Por eso, nadie se sorprendió cuando Pericles subió a la tribuna. Se hubieran sorprendido más si no lo hubiera hecho.

Durante más de veinticinco años el destino de Atenas había estado en sus manos. Había propuesto leyes a la asamblea, había organizado el ejército y consolidado la hegemonía ateniense que fundamentalmente se apoyaba en nuestros rápidos trirremes. Ninguna ciudad podía competir con Atenas.

Florecían el comercio y las artes. La filosofía y la retórica estaban en su punto álgido. Había sofistas capaces de convencerte de que lo blanco era negro y lo negro, blanco. Teníamos escuelas, gimnasios, teatros, palacios y hermosas villas en el campo.

No tengo ningún motivo para describir Atenas. Sencillamente quería explicar por qué había elegido como padre a Pericles. Él era Atenas. Por eso nadie se sorprendió cuando subió a la tribuna y pronunció aquel discurso que casi en el acto adquirió proporciones míticas.

Mi madre me tenía cogida de la mano y nos encontrábamos situadas en un segundo plano. A fin de cuentas, no éramos naturales de Atenas ni teníamos ningún muerto a quien llorar. Detrás de Pericles, a cierta distancia, de pie, una mujer con una túnica blanca, y a su lado, un joven.

–Esa es Aspasía –me dijo mi madre en voz baja.

La miré de nuevo. Era ella, pues. Serena, llena de dignidad, no tan joven ya.

–¿Es su hijo? –pregunté a mi madre, refiriéndome al joven.

–No. Es un pariente de Pericles. Pericles es su tutor –respondió mi madre con cierta indiferencia.

Fue así como vi por primera vez al hombre que ahora estaba acostado a mi lado. Así lo vi, y mi vida se decidió allí y en ese momento. En el momento en que los atenienses lloraban a sus muertos, en el preciso instante en que Pericles estaba pronunciando su discurso, mientras mi madre me tenía cogida de la mano y la Tierra seguía girando, por eso, sin darnos cuenta, nos encontramos a la sombra.

Mi madre comenzó a sentir frío, pero yo tenía calor, mucho calor, sin saber por qué.

No me acuerdo de gran cosa del discurso de Pericles, sólo recuerdo que los atenienses estaban pendientes de sus labios y que reinaba un absoluto silencio mientras hablaba. Pero sí recuerdo una o dos frases, en concreto cuando alababa a los atenienses diciendo que tenían la grandeza de alma de reconocer los éxitos de los demás sin «la tediosa máscara de la envidia».

Más tarde comprendería que esto no era del todo cierto. Muy pocos hombres de cuantos conocí soportaban la gloria de los demás sin llevar la tediosa máscara de la envidia.

–¿Por qué los adula Pericles? –pregunté en un momento dado a mi madre, sin obtener respuesta.

–Lo comprenderás por ti misma más adelante.

Recuerdo también el enorme pájaro negro que de repente voló sobre los féretros y desapareció en dirección al este. Esto fue considerado un mal presagio y rápidamente se extendió un murmullo entre la gente. Pericles, en cambio, estaba sereno. Terminó su discurso y regresamos a casa. Sin embargo, algo dentro de mí quedó allí, prendido en el muchacho que estaba de pie junto a Aspasía.

Tenía diez años y no sabía qué era lo que había perdido. Menos aún sabía lo que había encontrado.

Mi madre lo sabía. Aquella misma noche vino a mi habitación y se quedó mirándome mientras me disponía a acostarme.

Me quité mi confortable capa y la túnica que me llegaba a los tobillos. Luego me solté el cabello, sacudiendo la cabeza como un potrillo, y corrí a la cama.

Tenía prisa por cerrar los ojos. Mi madre me dijo en un tono suave:

–Ahora tienes diez años; dentro de cinco años serás una mujer. Desnudarse es un arte. Mañana te lo enseñaré.

Sus palabras me parecieron extrañas, pero no me detuve demasiado en ellas. Tenía prisa, como he dicho, por cerrar los ojos. Quería ver de nuevo al muchacho, y lo seguí viendo hasta que me venció el sueño.

*

El hombre que tenía a mi lado se movió, extendió la mano y acarició mi espalda sin despertarse. Balbució algo incoherente entre sueños, pero no conseguí entender lo que decía.

Quería despertarlo. Lo necesitaba. Quería que abriera los ojos para hacérselos cerrar de nuevo con mis caricias.

Pero debía tener cuidado. Los pasos, fuera, se acercaron más. Oí palabras en una lengua débil, pero no menos bárbara.

¿Quiénes eran? ¿Qué querían?

Podía tratarse de cualquiera, amigos o enemigos. También podían ser curiosos, gente corriente, que querían ver de cerca al hombre que dormía junto a mí.

Tenía muchos enemigos, como también incontables amigos. Pero su vida era tal, que nunca sabía quién era quién. En cualquier caso, curiosos siempre había y la más curiosa, yo misma.

No obstante, no era sólo una curiosa. Lo amaba y ¿qué es el amor, sino una suerte de curiosidad?

Yo no planteaba preguntas así. Eso era privilegio de los hombres. ¿Qué es el amor? ¿Qué es la virtud? Las mujeres no preguntamos esas cosas. Nosotras queremos saber quién es la persona a la que amamos; con eso nos basta.

Un sofista, que en cuanto le sobraban unas dracmas las gastaba en mis brazos, decía que cada persona tiene una respuesta. A mí, sin embargo, me susurraba: «En el bosquecillo que hay entre tu corazón y tus rodillas, Timandra, todas las preguntas quedan anuladas».

Puede que sea cierto que existen tantas respuestas como personas. Lo que se necesita comprender es que cada respuesta plantea nuevas preguntas y que existe un punto donde todas las preguntas terminan, y que una vida humana que no conoce ese punto es equivocada, es puro despilfarro.

El sofista de costosas ropas y ojos abiertos había encontrado ese punto, aunque se pasaba la vida intentando demostrar lo contrario. «Los sofistas piensan con la lengua», me había dicho el hombre que tenía ahora a mi lado, cuando le conté la anécdota. Yo quise objetar, pero no dije nada. Quería preguntarle con qué pensaba él, pero estaba segura de que me respondería con una risa.

Había sustituido el silencio por la risa. ¿Cómo no amarlo?

La risa; su risa. He de hablar más sobre ella. He oído muchas risas. En la mesa, en el lecho. He oído reír a mujeres y hombres en el ágora, en el teatro; he oído reír a muchachos en la calle, por la noche. Pero nadie reía como él.

Su risa no encerraba matiz despreciativo alguno, ni excitación erótica, ni sorpresa. Los chistes le aburrían y rehuía las vulgaridades.

Su risa era un misterio. Nunca sabías por qué reía, y Sócrates, que estaba enamorado de él–¿quién no lo estaba?– y que naturalmente era muy severo con su persona, a menudo le hacía observaciones:

–¡Sólo los estúpidos ríen sin motivo! –le dijo en una ocasión en mi casa, mirándolo con sus ojillos miopes.

Mi amante no respondió. Pero por la noche, cuando estábamos sentados uno frente al otro en la amplia cama, me dijo:

–Sócrates se equivoca, sólo los tontos necesitan una razón para reír.

Quería preguntarle a qué se refería exactamente, pero extendió las manos y me atrajo hacia él. Y en mi vida justo eso era aquel punto que anulaba todas las preguntas.

*

Ciertamente no puedo seguir llamándolo «el hombre junto a mí». Su nombre hacía temblar a Atenas y a Esparta e incitaba a los hombres a aplaudir o a coger las armas. Lo que provocaba en las mujeres me lo callo. Basta con que diga que no ha nacido aún la mujer que no quisiera ocupar mi lugar en sus brazos.

Alcibíades, hijo de Clinias y de Deinómaca. El atractivo Alcibíades. Fue guapo de niño, más guapo aún de adolescente y mucho más en la edad madura. Eurípides, que nunca gastaba elogios sobre las personas, dijo en una ocasión que los guapos no tienen buen otoño. Sin embargo, el otoño de Alcibíades fue hermoso, aunque breve, muy breve.

Pero no hay razón para anticiparnos a los hechos. Ya es suficiente con que los hechos se nos anticipen a nosotros y a veces nos sobrepasen.

A esto suele llamársele «destino» y yo creo que cada persona tiene el suyo. Alcibíades, sin embargo, no creía en esas cosas. A menudo los oía discutir sobre estos temas en el amplio salón de mi casa.

El primero, y el mejor, por supuesto, Sócrates. Luego se sumó también Protágoras, el rey de los sofistas, que conocía tan bien su valor que nunca ponía precio a sus clases, simplemente permitía que sus discípulos le pagaran lo que consideraran justo. Más tarde, tuvimos al inquieto Hipias de Ilión, al bocazas Pródico de Cea, sofistas universalmente conocidos los dos, y a su alrededor los más ricos, los más inteligentes y los más bellos muchachos de Atenas: Clinias, hermano de Alcibíades, y los dos hijos que Pericles tuvo con Aspasía, el hijo del primer matrimonio de ella, el poeta Agatón, y su amante, el tarambana pero riquísimo Pausanias. Más tarde, vino también el hermano de Agatón, Platón, un joven taciturno y formal cuyos ojos brillantes veían algo que ningún otro veía.

Se pasaban horas y horas hablando, mientras mis esclavas de Lidia se deslizaban entre ellos, llenaban las copas de vino y dejaban tras de sí un dulce aroma de noches exóticas –tan exóticas como la noche que envolvía a Alcibíades mientras dormía, y a mí, que velaba su sueño.

¿Cómo llegamos allí? ¿Qué vientos nos llevaron a aquel anónimo lugarejo de Frigia? ¿Cómo podría explicarlo nadie sin creer en el destino, o en los dioses o en algo parecido?

Suerte que Alcibíades dormía, de lo contrario habríamos discutido.

–¿Por qué tenemos que dar una explicación a todo? –decía tartamudeando, lo que significaba que estaba enfadado de verdad.

Su tartamudeo estuvo de moda en Atenas durante un tiempo. Los hijos de las cuatro familias más importantes de la ciudad competían, no sobre quién era el mejor, sino sobre quién se parecía más a Alcibíades, que, de un modo u otro, estaba emparentado con todos ellos. Por su padre, era Melánquida; por su madre, Alcmeónida, y por su matrimonio con Hipareta, Peónida.

Yo era de padre desconocido. Como un arbolito sin raíces, algo que con frecuencia me hacía sentir que aquello «de padre desconocido» era un signo de interrogación junto a mi nombre; no sólo en los archivos de la ciudad, sino también en toda mi existencia. Él tenía generaciones tras de sí y esto ejercía en mí una fascinación indescriptible. Podía estar horas y horas oyéndolo hablar de sus antepasados y le hacía preguntas a cada rato, incluso mientras hacíamos el amor, hasta el punto de que una vez me dijo riéndose: «Timandra, parece como si estuvieras haciendo el amor con todos nosotros, vivos, muertos y no natos».

¡Cuánta razón tenía! Siempre me fascinaba la sombra de un hombre más que el hombre mismo.

Quizá detrás de todo esto subyace aquello «de padre desconocido», y hasta puede que mi oficio. Yo era un elemento decorativo en el mundo de los hombres. Para soportar la realidad tenía que transformarla.

¿La realidad? Algunos de los filósofos de nuestro entorno sostenían que la realidad no existe, que es una copia en un espejo. Otros añadían que ni siquiera existe el espejo más allá de nuestros ojos.

Un tercer grupo, a su vez, afirmaba que la realidad es fuego, o aire, o agua, o alguna otra cosa. Me llevó bastante tiempo comprender que estas teorías no eran descripciones sino explicaciones o, al menos, intentos de explicaciones.

Cómo es la realidad, es una cuestión. Por qué es como es, es otra diferente.

Para nosotras, las mujeres, prevalecía el «cómo». El «porqué» era cosa de los hombres. Y cuando no encontraban la respuesta, acudían a nosotras.

Será mejor, sin embargo, que vuelva a la realidad tal y como era.

Era de noche. El cielo estaba cerca y las estrellas brillaban con una luz a la que no estábamos habituados. Era una noche extraña.

Había visto muchas noches como esta en Grecia, en las islas, en Asia, en Sicilia. A pesar de todo no podía acostumbrarme a ellas. Siempre me faltaba la noche del Ática, que conserva algo de la luz del día, como un destello, algo así como un resplandor opaco de espejo viejo.

Echaba de menos los sonidos de la noche del Ática, los pasos de los transeúntes y sus conversaciones, el sonido de los himnos que cantaban en los banquetes, la risa de los efebos que hacían su primera guardia nocturna.

Era de noche, en fin. Una noche de Frigia, más fría que otras noches. Del cercano pueblo, sin nombre en mi recuerdo, no llegaba ningún sonido. Lo más probable es que existieran, pero no los oíamos. De seguro algunos estarían haciendo sacrificios a Cibeles, mientras los sacerdotes danzaban y cantaban hasta llegar al paroxismo de la locura sagrada.

Los habíamos visto una vez en Sardes. Alcibíades estaba lívido y nada más terminar la danza, le pregunté qué le sucedía.

–Nada –dijo, y movió la cabeza–, simplemente estoy viendo a quienes vendrán después de nosotros.

Entonces me pareció que exageraba, pero ahora reconozco cuánta razón tenía. La barbarie y la juventud siempre terminan ganando y sólo son vencidas por el tiempo, que trae a otros nuevos bárbaros. Aunque algo de los vencidos también permanece. Un recuerdo, una huella, una arruga en la frente. Nada más.

*

A nuestro alrededor y sobre nosotros, la extraña noche de Frigia. Los pasos fuera de la casa resultaban inquietantes. ¿Quiénes eran los que se acercaban con tanta precaución? ¿Y por qué? ¿Qué querían?

Estaba muerta de miedo. No; quizá no era miedo, era más bien angustia. Quería despertar a Alcibíades, pero dormía profundamente. «Sólo en tu cama, Timandra, duermo por encima del bien y del mal. En todas las demás camas tengo que elegir», me dijo en una ocasión.

Me preguntaba qué quería decir. ¿Que el placer no tiene ética? Hubiera querido aclararlo. Lástima que estuviera dormido. Tenía tantas preguntas que hacerle. ¿Por qué será que los enamorados lo preguntan todo?

Me levanté y eché algunos troncos a la lumbre. Estaba a punto de apagarse y el frío era cada vez más intenso.

No teníamos ningún criado con nosotros. Nuestra casa estaba algo alejada del pueblo. Estábamos completamente solos. Alcibíades quería... En definitiva, ¿qué quería? ¿Por qué había elegido aquella casa alejada, en medio de un descampado? ¿Lo perseguían? ¿Se estaba escondiendo?

Me quedé de pie junto a la ventana. La noche fuera parecía vacía. Sin embargo, sabía que allí afuera había alguien, e incluso más de uno. Sabía que nos estaban esperando y de algún modo intuía que nos esperarían todo el tiempo que hiciera falta.

En aquel preciso instante recordé mi casa de verano en la que desde las ventanas veía los trirremes de Atenas balancearse en las tranquilas aguas del Falero. Echaba de menos el salobre viento del sur del Ática. Echaba de menos su luz.

Cerré los ojos para sustraerme a la oscuridad de la noche de Frigia, y bajo mis párpados, pesados por la vigilia, vi de nuevo el cielo del Ática, y mis entrañas se llenaron como de un dulce vino de Samos.

Me embriagué. Por un breve instante, me embriagué de recuerdos, me perdí en ellos. Y de repente comprendí que, a fin de cuentas, la realidad no es más que un pretexto para ver otra cosa.

*

La casa en la que estábamos no era grande. Era una casita de campo. Una habitación con chimenea, una cama y una mesa. Los muros eran de barro y arena, y el techo, de caña. Así construían las casas allí para que conservaran el calor en invierno y el fresco en verano. Pero para Alcibíades y para mí, una casa no era suficiente, necesitábamos una fortaleza. Tal era el odio que lo rodeaba.

¿Cómo sucedió que no sólo los sueños, sino también las pesadillas de un mundo entero y de una época entera estuvieran concentrados en este cuerpo esbelto, ágil, que yacía tan plácidamente en mi cama?

Atenienses y espartanos, jonios y persas, lidios y sicilianos lo habían amado y odiado. Lo habían admirado y lo habían temido, habían querido hacer el amor con él y habían querido matarlo.

A dondequiera que íbamos su fama nos precedía. Era como si tuviéramos el sol a nuestra espalda y nuestra propia sombra se proyectase delante de nosotros. Había también otros hombres con poder y fama: arcontes atenienses, generales espartanos, sátrapas persas, pero ninguno le hacía sombra a él. La única sombra que caía sobre su persona era la suya propia.

Pero vuelvo a anticiparme. Quiero acortar el tiempo y lo apuro de un trago, como un vaso de vino. Es verdad que el problema del tiempo no es cómo lo pasamos sino cómo nos alcanza.

Los antiguos lo sabían. Se pasaban horas conversando, paseaban despacio. Sus leyendas siempre se continuaban unas con otras, mientras que nosotros queremos que las nuestras tengan límites precisos. Intentamos convertir el tiempo en espacio.

Así pues, nada de prisas. El sol no tiene prisa; la luna no tiene prisa.

*

Nos encontrábamos en el primer año de la guerra. Fue entonces cuando lo vi por primera vez. Me pregunto si aquella no fue la única vez que lo vi. No, no desvarío. Las paradojas se las dejo a Zenón y a sus discípulos.

Hace poco he oído que Zenón había demostrado que Aquiles no alcanzaría nunca a una tortuga que hubiese empezado la marcha con un metro de diferencia respecto a él. Se armó una buena en Atenas, la gente se escandalizó y yo no comprendía por qué tanto alboroto. Aquí otros filósofos habían afirmado que no existimos.

No; no digo cosas sin sentido. Lo que quiero decir es que aquel día en que los atenienses enterraban a sus caídos, mis ojos eran aún míos; todavía no estaban empañados de amor. Entonces podía verlo. Sin embargo, después, sólo veía al hombre que amaba, y eso es una cosa distinta.

Había oído a Sócrates afirmar que la belleza es la única virtud que se puede ver. Todas las demás virtudes no se ven con los ojos, aunque sepamos distinguirlas de otro modo. La belleza, en cambio, la vemos. Y la atracción erótica es el amor por lo bello. Y la persona a la que amamos nos recuerda «las perfectas, simples y felices imágenes» en los albores de la vida humana, cuando nuestra alma aún no era prisionera de la tumba que llamamos «cuerpo».

Esto decía Sócrates, pero el problema es que también lo bello tiene su sepultura, es decir, su cuerpo. Y el deseo amoroso muere porque nosotros somos mortales y no podemos amar sino a otros mortales.

El hombre que tenía a mi lado era mortal.

Era bello. Ya desde que era niño hablaban de él en Atenas, del hijo de Clinias. Su padre le había dejado un nombre, algo que siempre le exasperaba.

–Haré que olviden a mi padre –decía antes de que su labio superior tuviese pelusa.

Su padre tuvo la suerte de vivir y luchar en los tiempos en que los griegos se enfrentaron al todopoderoso bárbaro, al rey de los persas, Jerjes. Clinias con su trirreme había participado en todas las batallas navales y había llegado a ser muy aclamado por su pericia y su valentía.

–Tuvo suerte –decía su hijo–. Encontró un enemigo de altura. Yo no he encontrado nada. Tengo que dar con enemigos dignos de mí.

Clinias murió cuando su hijo tenía tres años.

–¿Recuerdas a tu padre? –solían preguntarle.

–¿Qué importa eso? Los atenienses lo recuerdan.

Me gustaba charlar con él. Y eso se lo debía a mi madre, que comenzó a instruirme ya desde el día siguiente de conocerlo. Bien fuese por casualidad o porque con mirada experta se había dado cuenta de que muy pronto sería inevitable.

–No debes quitarte la ropa apresuradamente –me había dicho.

La noche siguiente vino a mi habitación en el momento en que me disponía a acostarme. Hizo salir a Roxana, nuestra sirvienta, una muchacha poco mayor que yo, de pechos turgentes y relucientes como huevos de pájaros silvestres.

–La forma como se viste una mujer tiene su importancia –dijo mi madre–. Los colores que elige, las telas, las joyas. Pero, a fin de cuentas, una no puede vestirse mejor que la ropa que tiene. En cambio, desnudarse, eso sí que puede hacerse bien, con independencia de cómo vayas vestida. Tanto si te quitas una lujosa túnica o una capa sencilla, debes hacerlo del mismo modo.

La miraba medio dormida.

–Lo primero que debes preguntarte es: ¿qué es esto que me estoy quitando? ¿Un trozo de tela? Dime.

Sin saber por qué, comprendí que debía decir «no», aunque había oído a algunos hombres que frecuentaban a mi madre decir «sí y no» cuando no sabían qué decir. Así que yo también dije «sí y no». Ella guardó silencio durante unos instantes, luego comenzó de nuevo.

–Una respuesta lógica, aunque equivocada. ¿Por qué? Sencillamente porque todos los «sí» y todos los «no» tienen valor mientras llevas la ropa puesta. Cuando te la quitas, no existe ya más que el «sí».

No comprendía a qué se refería, pero no quería interrumpirla ni parecer más tonta de lo que ella me creía. No obstante, me equivocaba.

–Sé que no comprendes lo que digo, pero no tiene ninguna importancia. Sólo pretendo mostrarte un lugar en el que tarde o temprano te encontrarás algún día.

Me miró y añadió riéndose:

–¡O más bien una noche! Y entonces comprenderás. Debes estar siempre preparada para la oscuridad. ¡Siempre! –dijo, con un repentino tono de amargura.

Enseguida recuperó la jovialidad y me dio un beso.

–¡Ahora observa, y observa bien! ¡No sólo con los ojos, sino con toda tu alma!

Primero cambió las sombras en mi habitación situando las lámparas en otro sitio. Mi cama estaba ahora iluminada sólo por débiles reflejos que la transformaban en algo vivo y enigmático. En el centro del enigma estaba yo. Mi madre se situó de pie en medio de la habitación.

–Sólo las esclavas y las jóvenes ciudadanas recatadas se esconden en un rincón cuando se desnudan –dijo–. Las mujeres como yo y como tú, ya que llegarás a serlo algún día, siempre se desnudan en el centro de la habitación. Tu cuerpo debe tener luz y espacio. Lo mejor es menos luz y más espacio. Ningún otro objeto debe competir contigo, ni sillas ni taburetes ni mueble alguno. Tu cuerpo debe ser la única presencia en aquella luz y en aquel espacio. En tu cuerpo deben comenzar todas las fantasías y en él han de acabar.

La miraba con tanta intensidad que al final sólo veía una aparición. Su túnica era como un reflejo azulado. Me parecía que toda la luz de la estancia se había concentrado sobre ella, y entonces comprendí lo que quería decir.

–Ahora acuéstate. Por hoy es suficiente. Continuaremos mañana.

Me besó en la frente, deslizando poco a poco sus perfumados dedos entre mis cabellos, muy lentamente. Luego se marchó.

No me dormí enseguida. Durante un buen rato continué viendo aquel punto en el centro de la habitación donde ella se había situado y me parecía que algo del resplandor de su cuerpo seguía allí.

El sueño me sorprendió con una agradable sensación de que la vida era algo grande, pero no más grande que yo misma.

*

En la casita de campo en Frigia, en la sencilla habitación, finalmente lo comprendí. La vida era más grande que yo misma. En Sardes, a algunas horas de camino de allí, Solón había dicho a Creso que una vida de setenta años equivalía a «veintiséis mil doscientos cincuenta días, y cada uno de esos días era distinto del otro».

Aquella respuesta de Solón, aunque decepcionante, era, a fin de cuentas, bien intencionada. En efecto, si piensas que una hora cualquiera del día no es idéntica a otra, entonces comprendes que la más profunda necesidad del ser humano, adueñarse de su vida, está condenada al fracaso desde el principio.

He conocido a filósofos que rehuían la felicidad por miedo a sentirse desgraciados. He conocido a otros que identificaban la felicidad con el poder, arrastrados por el sueño de detener la corriente de la vida.

¡Lo comprendía tan bien! ¡Y qué no daría yo por que no hubiese terminado nunca aquella noche y todo lo demás, la casita en el campo, el sueño de Alcibíades, los inquietantes pasos fuera! Quisiera tener todo esto, aun a sabiendas de que nadie nos conocería si no dejáramos nuestras acciones tras nosotros.

En cierta ocasión, vi un pueblo cubierto por la lava después de una erupción del volcán de Tera. Vi las casas, los objetos, las personas. Una pareja que estaba haciendo el amor. No había comprendido nada. La inmovilidad y el silencio eran ininteligibles. Por eso tenemos que hablar. Manifestarnos con sencillez y claridad, sin otros adornos que los necesarios para hacer la sencillez clara y la claridad, seria.

Hemos de hablar. Pues bien, estoy hablando. Yo, Timandra, hija de Teodoti, de treinta y cinco años, doce mil ciento veinte días y otras tantas noches.

Mi existencia era cómoda y feliz, pero era todavía más feliz cuando la vida se detenía y el hombre que amaba desde hacía diez años se acostaba a mi lado con una desdibujada sonrisa en los labios.

Entonces podía sentir de nuevo que la vida no era algo más grande que yo.

En la inmovilidad, todos los movimientos son posibles, incluso los eternos movimientos de la Tierra y de la Luna alrededor del Sol que, a su vez, se mueve en un Universo, también en movimiento.

La eternidad está en movimiento. Sin embargo, no podemos concebirla sino como inmovilidad. Lo eterno, por fuerza, ha de ser inmóvil. El ser humano no es eterno, por eso, pues, sueña con la inmovilidad, creyendo que de este modo toca la eternidad.

Y así, continúa su viaje por pequeños y grandes lugares, por verdes valles y montañas peladas, y a cada paso, se aproxima más a la quietud final.

La vida puede ser breve o dilatada en el tiempo. Pero la muerte es eterna.

*

De pronto, oí algo como un grito. Parecía un grito, pero cuando se repitió dos veces seguidas, comprendí que más bien se trataba de una contraseña. No había dolor en ellos, eran gritos simulados. Me devolvieron a la realidad.

Me acerqué a la ventana, pero no vi ni oí nada.

Alcibíades seguía dormido. Su sueño era inquieto. Daba vueltas en la cama y de cuando en cuando suspiraba profundamente, y en un momento dado se cubrió el rostro con las manos como si se protegiese de un golpe invisible.

Pensé en despertarlo, sin embargo sabía que estaba exhausto, que pronto necesitaría todas sus fuerzas.

Lo perseguían; estaba cansado, era desgraciado. En otro tiempo él fue el perseguidor, incansable y triunfal. ¿Añoraba los luminosos días de la juventud? ¿O los serenos días de la vejez?

No lo sabía. Lo miré con detenimiento como si esperara conocer así su secreto, y de repente comprendí que no tenía ninguno y por eso su rostro resplandecía como un espejo valioso.

El tiempo no había transformado la expresión de su rostro, el precioso espejo seguía siendo el mismo, pero siempre existía el peligro de que se rompiera. Alguien lo rompería algún día. Pero ¿quién?

Eran muchos los que tenían motivos, verdaderos o falsos, para hacerlo, pero sólo una persona tenía el «derecho» de llevarlo a cabo.

Yo.

Pero ¿qué significa la palabra «derecho»? ¿Qué significa «verdadero» o «falso»? Para hablar sobre lo verdadero o lo falso hay que creer que existen en alguna parte, ya sea bajo los cerrados párpados de los dioses o en el fondo del alma humana.

Aunque yo no sé qué se oculta bajo los párpados de los dioses ni qué esconde el alma humana. En lo que a este punto se refiere, dioses y hombres son idénticos. Enigmas.

Volví a mirar a Alcibíades. En sus labios, una sonrisa, pasajera como una golondrina.

Me sentí descubierta con las manos en la masa.

*

Mi madre continuó, persistente, su instrucción de cada noche. Las primeras lecciones las dedicó a la posición de la mujer en el espacio; una serie de conferencias que más tarde, en broma, llamamos «la topología femenina», un término que mi madre había tomado prestado del geómetra Teodoro. uno de sus más fieles amigos y amantes, aunque sólo cuando tenía holgura económica, cosa que no era habitual. Tenía talento, pero no dinero.

La mujer que aspira a ser hetera, como era mi caso, no debe colocarse en cualquier sitio, ni de pie ni acostada y, mucho menos, de cualquier manera. Para decirlo a las claras, la mujer siempre debe «exhibirse», como un cuadro, incluso mientras duerme.

Riéndose con todas sus ganas, mi madre se tumbaba en la cama y me mostraba cómo debe una recostarse. No con las piernas abiertas, ni con las manos como remos olvidados, ni tampoco encogida como una tortuga asustada. Pero ¿no es difícil saber qué haces cuando estás dormida?

El secreto está en que el cuerpo se habitúa en poco tiempo. Lo afectado deja paso a un sexto sentido, una casi natural y espontánea complicidad con la luz y el espacio.

–La mujer no debe transformarse en una aparición –decía mi madre–. ¡La mujer tiene que ser una aparición, y es precisamente la aparición la que, llegado el momento, se transformará en mujer!

La escuchaba con atención, aunque, como ya he dicho antes, no lo comprendía todo. Ahora sus enseñanzas se me antojan anticuadas coqueterías; lo lamentable, no obstante, es que siguen teniendo vigencia desde el momento en que un hombre y una mujer están juntos en la misma habitación.

Mi madre siempre hacía lo que podía con lo que tenía –su cuerpo y su inteligencia–. Su inteligencia a nadie le interesaba, de modo que la usaba para sacar más partido a su cuerpo. Por lo general, con los hombres sucede lo contrario.

Mi madre se vendía, pero nadie pudo comprarla. Su libertad no dependía tanto de lo que ella misma podía hacer, sino de lo que los demás no podían hacer con ella.

Me pregunto si mi libertad es diferente.

¿Y la de los otros?

Había quizás una excepción, el hombre que dormía junto a mí y soñaba no se sabe qué. Quizá su libertad era diferente, como también su carencia.

Nosotros, los atenienses, ya fuésemos verdaderos hijos del Ática, como las cigarras, ya bastardos, como yo, hablábamos todo el tiempo de la libertad y teníamos a los esclavos y las esclavas para recordárnosla.

Libertad de todo, este era un camino.

Libertad para todo, este era el otro camino. No faltaban representantes del tercero: libertad de determinadas cosas y libertad para otras determinadas cosas. En otras palabras, una vida normal y corriente, como la mayoría de la gente.

Aunque no para el hombre que me había pedido que viniera aquí, a la pequeña casa de campo de Frigia, donde las noches eran húmedas como en...

Quería decir como en el útero, pero me he arrepentido. No debemos comparar el Universo con el ser humano, ni el ser humano con el Universo. El uno no se parece al otro.

Las noches en Frigia eran húmedas. Dos caudalosos ríos regaban el país con tanta generosidad como Alcibíades mi vida.

Parece que no es posible prescindir de las comparaciones. Todas las cosas se asemejan a algo.

En un mismo instante he sacado dos conclusiones completamente opuestas; la solución intermedia es que ninguna cosa es otra diferente y que todas las cosas se parecen a otras.

La primera parte es una tautología y la segunda, un lugar común. Este es, en definitiva, el problema con los pactos tanto en la teoría como en la práctica, pero por desgracia son ineludibles. Se podría decir que la vida es un compromiso entre los no nacidos y los muertos.

Quisiera poder hablar con Alcibíades de todo esto para hacerlo reír.

Sólo en una ocasión había sido herido; una sola, aunque había tomado parte en infinitas sangrientas batallas contra otros griegos y contra los bárbaros.

Fue herido en Potidea, allá lejos, en el tridente de la Calcídica. El pueblo de Potidea se había levantado contra Atenas, instigado sobre todo por Esparta. Fue al comienzo de la gran guerra en la que finalmente todos los griegos se vieron abocados a comprometerse, de un modo u otro.

La guerra mostró su violencia durante veintiocho años y Alcibíades fue siempre uno de sus protagonistas, aunque no siempre estuvo del lado de Atenas. Había pasado veintiocho años luchando sin sufrir un rasguño, con la única excepción de la herida infligida en Potidea. Tenía entonces diecisiete años y no era normal que tomase parte en la contienda, tendría que haberse quedado defendiendo la ciudad con los demás efebos.

Pero él había ensillado su caballo tordo y marchó con una unidad militar no excesivamente numerosa. En la ciudad se murmuraba que uno de los estrategas estaba enamorado de él, aunque Alcibíades lo estaba de Sócrates. Al menos, eso pensaba.

Al final fue Sócrates quien le salvó la vida. Alcibíades recibió el golpe de una lanza en la cadera y cayó del caballo. Le esperaba una muerte segura, cuando Sócrates, bajito, regordete y ya calvo, se situó delante de él y lo cubrió con su propio cuerpo.

«Sócrates luchaba con absoluta sangre fría –me contaba, años después, Alcibíades–. No podía hacer otra cosa que mirarlo; todo él resplandecía de completa imperturbabilidad. Entonces se me ocurrió que, si alguna vez yo conseguía siquiera la mitad de aquella sangre fría, conquistaría el mundo. Por supuesto, se lo dije a Sócrates y él respondió riéndose que la imperturbabilidad es buena, basta sólo con saber cómo utilizarla. En aquella ocasión consideré mejor no decirle cómo la utilizaría yo. Al día siguiente, los estrategas me concedieron un premio al valor, aunque todos sabían que era Sócrates quien lo merecía. Los hoplitas murmuraban que esto sucede cuando se es pariente de Pericles y de familia noble, y cosas por el estilo. Entonces comprendí por primera vez que tenía una herencia, y que era más grande que yo, y que nunca llegaría a ser realmente libre si no me liberaba de ella.»

Yo envidiaba su suerte y él, mi carencia de ella. Precisamente por eso nos dábamos el uno al otro lo que cada cual necesitaba.

Él quería olvidar junto a mí y yo, recordar a su lado.

*

Tenía mucho que olvidar. Hacía muy poco, al comienzo del otoño, había presenciado la derrota total de su ciudad sin poder hacer nada. La había visto venir, pero los atenienses lo habían mantenido apartado una vez más. Lo que no sabía era que también lo habían condenado todos los demás. Se había quedado completamente solo.

Yo estaba en Atenas cuando las noticias de la desgracia de Egospotamós llegaron a la ciudad. De la gran flota, con ciento ochenta naves, únicamente diez se habían salvado y, entre ellas la *Páralos*, el trirreme más veloz. Los atenienses eran incapaces de verla acercarse a El Pireo sin sobrecogerse, porque la *Páralos* era una de las dos naves que utilizaban como correo. La otra era la *Salaminia*. Las dos naves eran muy hermosas, ligeras y rápidas. Además, los remeros eran ciudadanos libres en lugar de esclavos.

Mientras duró la guerra, acostumbraba yo a mandar a un esclavo a que bajara al puerto. Uno se informa cada vez mejor en El Pireo que en Atenas. De otra parte, Alcibíades me solía mandar recuerdos con algún remero o capitán de navío amigo suyo.

En secreto, me enviaba también costosos perfumes, hermosas telas y joyas de oro de lejanas ciudades del Helesponto, de Frigia, de Egipto o de Sicilia.

Una vez me envió un pequeñísimo y precioso estuche redondo, como una joya. Cuando lo abrí vi algunas gotas que brillaban. Pensé que sería la humedad del mar, pero el hombre que me lo había traído me dijo: «Es sudor de su frente».

Lo llevo siempre puesto, no me lo quito ni para dormir, brilla en el canalillo que forman mis pechos, como un segundo corazón.

Muchos me hacen preguntas sobre este dije y otros se quejan de que no valoro sus regalos y sólo me pongo este. Digo que es de mi padre. ¡Ojalá fuese cierto!

*

La derrota de Egospotamós supuso el final de la hegemonía ateniense en el mundo griego, algo de lo que todos los atenienses fueron conscientes y, por eso, pasaron despiertos y sin consuelo aquella noche en las Antesterias, en que la *Páralos* llegó a El Pireo con las tristes noticias.

Mi esclavo, por supuesto, estaba en el puerto y me lo refirió con todo lujo de detalles, algo que siempre ha sido importante para mí, de lo contrario no puedo comprender lo que sucede a mi alrededor. No comprendo los hechos, comprendo a las personas. Para sentir qué es el desierto necesito tener en mi mano un puñado de arena.

Era tarde cuando apareció la *Páralos*. Oscuridad, una noche sin luna y tempestad; una de aquellas repentinas tormentas que recuerdan el orgasmo de un adolescente. La *Páralos* no podía entrar en el puerto.

Nadie sabía qué noticias traía. De repente alguien gritó desde el barco: «¡Atenas ha sido derrotada!».

Las noticias llegaron al arrabal de boca en boca. Los vigías de los Largos Muros las transmitieron en cadena y la oscuridad de la agitada noche se vio iluminada por trémulas antorchas, al tiempo que el grito de «hemos sido vencidos» se iba acercando a la ciudad, y al escucharse en el ágora todos prorrumpieron en llantos y lamentos.

No lloraban sólo por sus maridos, sus hijos o hermanos; lloraban por ellos mismos, porque estaban seguros de que, ahora que no existía la flota para protegerlos, les aguardaba idéntico destino.

Aquella noche tomé la decisión de abandonar Atenas. Alcibíades me había enviado un mensaje con un remero: «Ven tan pronto como puedas. No sé dónde estaré, pero me encontrarás».

Lo encontré. En la modesta casita de campo en Frigia, lo encontré.

*

Poco a poco, supe todos los detalles sobre los sucesos de Egospotamós. En primer lugar, por el remero que me trajo el mensaje de Alcibíades. Durante todo el viaje, de Atenas a Tracia y luego a Frigia, recababa informaciones de lugareños, de marineros, de rudos espartanos, que se distinguían de todos los demás por sus grandes bigotes.

Los atenienses habían cometido un error nefasto. Dejándose llevar por falsas acusaciones, le habían retirado el mando de la flota a Alcibíades, al tiempo que los espartanos nombraban almirante a Lisandro.

Lisandro ya había vencido a los atenienses en algunas escaramuzas cuando, según las leyes de Esparta, debía cesar en el mando. Los espartanos nombraban a los generales y a los almirantes sólo por un año y nadie tenía derecho a ser reelegido en el cargo. Pero con Lisandro hicieron una excepción. Y fue su salvación.

Alcibíades conocía bien a Lisandro. Lo había tratado durante el tiempo que vivió en Esparta. Aunque amigos nunca llegaron a ser por el hecho de que lo único que ambos ansiaban era encontrarse un día frente a frente, uno con su ejército, el otro con su escuadra.

Alcibíades admiraba la sangre fría, la sobriedad y la determinación del espartano:

–¡Sólo tiene una idea en mente: derrotar a Atenas! –me dijo una vez–. Eso es lo que dice, pero además de ese tiene otro: derrotar a Esparta. Aunque de este no habla en absoluto.

No puedo saber lo que Lisandro sentía, pero cuesta poco adivinar que envidiaba el atractivo de Alcibíades, su inteligencia y su talento. Donde los demás veían una única solución, Alcibíades identificaba dos más.

Al fin llegó el día en que el mayor deseo de ambos se cumplió. Alcibíades iba de éxito en éxito, pero con Lisandro no había conseguido ninguno, sencillamente porque este no tenía prisa, aguardaba su momento.

Durante un mes entero, Alcibíades estuvo costeando el litoral de Jonia, pero Lisandro no salía a mar abierto para combatir. Al fin, Alcibíades navegó rumbo a Focea, dejando tras de sí una parte de la flota al mando de Antíoco que, habitualmente, era capitán del trirreme de Alcibíades.

Las instrucciones dadas a Antíoco eran claras: en ningún caso debía enfrentarse a Lisandro. Su único deber era seguir sus movimientos e informar de ellos a Alcibíades. Pero Antíoco no pudo negarse a sí mismo la oportunidad de realizar una hazaña.

Todas las mañanas cogía algunos de los trirremes más veloces, navegaba hacia el puerto de los espartanos y los provocaba con insultos e injurias: que no eran hombres; que sus mujeres eran unas fulanas; que no tenían una ley sobre la infidelidad conyugal, pese a que era tan frecuente; que todo el mundo veía el sexo de sus hijas, pues participaban desnudas en las competiciones como los muchachos; que su rey no sabía salir airoso en la cama, de modo que Alcibíades, pobre de él, se había visto obligado a dejar embarazada a la reina, a cuyo bastardo llamaban Leotíquidas, pero ella lo llamaba Alcibíades, y, en consecuencia, los cuernos de su rey eran tan grandes que no se atrevía a salir de caza porque se enredaba en los arbustos.

Pese a ello, los espartanos se retorcían los bigotes y no le daban importancia. Lisandro, después de algunos días, se aseguró de que Alcibíades se había marchado de verdad, de modo que, a la mañana siguiente, cuando Antíoco volvió a aparecer, la suerte ya estaba echada.

Lisandro irrumpió con toda la flota, no como para atacar, sino más bien como si se tratara de una maniobra de entrenamiento. Doce trirremes atenienses acudieron para apoyar a Antíoco, pero tanto estos como los tres que él tenía fueron capturados y sus tripulaciones, pasadas a cuchillo. Se dice que el espartano que degolló a Antíoco le dijo: «¡Esto le pasa a quien habla más de la cuenta!».

Ese fue el principio del fin, tanto para Atenas como para Alcibíades. Una vez más se demostró que Alcibíades tenía fuerza, siempre que estuviera presente. Los atenienses no tenían buena memoria. Habían olvidado cómo lo habían recibido, con qué rapidez les había hecho recuperar el orgullo y la confianza en la victoria final, cuando algo semejante parecía casi imposible. Lo olvidaron todo y le quitaron el mando, única y exclusivamente porque un loco como Antíoco no cumplió sus órdenes.

Pero el final tardaría en llegar. Lisandro no se conformaría sólo con una pequeña victoria. Atenas aún no se había hincado de rodillas. Todo lo contrario. La flota ateniense había conseguido una de las más importantes victorias en las islas, en las Arginusas, Esparta estaba mucho más cerca de la derrota, pero tenía a Lisandro. Sin embargo, Atenas ya no tenía a Alcibíades. Y como dijo mi amigo el sofista Clearco, «mejor un león al mando de diez corderos que un cordero al mando de diez leones».

No me parece fácil comprender todos estos cambios del destino si no se ha tenido la desgracia de vivirlos. Clearco decía que la única forma de escapar del destino era vencerlo. Pero yo no estoy segura de que alguien pueda vencer a su destino. Lo único que puede hacer es escribirlo. La palabra es la única victoria auténtica y precisa.

Por esto, pues, voy a narrarlo todo.

En la humilde casita de campo en Frigia comenzó a hacer frío. Fuera se oyeron pasos de nuevo. El fuego de la chimenea estaba a punto de apagarse. Vi que Alcibíades tiraba de la colcha hacia sí, en sueños, con manos fatigadas.

*

Era evidente que la casa había estado deshabitada durante mucho tiempo. Busqué algo con lo que avivar el fuego, pero no encontré nada. Me vi obligada a usar la espada de Alcibíades.

Andando de puntillas, me dirigí al rincón donde había dejado su armadura. La espada, el puñal –un recuerdo de su estancia en Esparta, porque sólo los espartanos lo utilizaban–, escudo, grebas, casco. Los miré y los remiré detenidamente, como si no los hubiera visto nunca.

Por un momento, tuve la impresión de que en aquella estancia tranquila las armas atraían hacia sí el tiempo, como la luz atrae diferentes insectos.

El escudo era dorado. Apoyado en la pared brillaba con un resplandor mate, reflejo a la vez del fuego y de su propio metal. Constreñido entre su propia luz y la ajena, me pareció que temblaba como algo vivo. Me acerqué y lo olí, igual que un animal olería a otro.

No confiaba en mis ojos. Quería apresar el olor del escudo en mis pulmones, sentirlo con la mano, oír lo que no veía y volver a mirar lo que había visto antes.

Nadie, ni siquiera yo misma, sabía nada sobre su escudo dorado. Fue una sorpresa para todos cuando lo lució por primera vez. Una sorpresa y un escándalo que sólo a él los atenienses podían perdonarle. Pero ¿por qué un escándalo? Sencillamente el escudo no se parecía a ningún otro. Alcibíades, al contrario que todos los demás, en lugar de elegir un lema y el emblema de su familia, había hecho que le cincelaran una imagen de Eros y Afrodita, la diosa, y patrona mía, esta recostada en actitud indolente. Con una mano acaricia tiernamente el cuello de Eros y con la otra suelta sus propios cabellos. La expresión de su rostro, así inclinada sobre Eros, es reconcentrada, casi dura, y presagia el grito, ese grito definitivo del momento en que el placer ha llegado a un punto sin retorno; el grito sin el que el hombre no es hombre y la mujer no es mujer. Lo ves tras su mirada casi severa, bajo sus redondeados y prietos pechos, incluso en la curva de su vientre y en el montecillo de su sexo, que se eleva hacia el cuerpo adolescente de Eros. De su cuerpo irradia una energía contenida, como una gata que se prepara para saltar sobre algún obstáculo querido. El salto es como en broma, pero el obstáculo es real. ¿Y Eros? ¿Qué hace Eros? Sonríe vagamente, porque todo eso ya lo ha visto.

Pudimos ver este escudo, llenos de admiración, todos los atenienses reunidos aquel fatídico día de primavera en que Alcibíades partía para Sicilia con la más imponente fuerza militar que la ciudad podía reunir. Una expedición que se convirtió en una desgracia, con miles de muertos y de prisioneros atenienses, y que Alcibíades empezó como general y terminó como desertor.

Sin embargo, en aquella soleada mañana de hace diez años, en la que soplaba un viento favorable de tierra y los trirremes dejaban tras de sí la ensenada del Falero y se oían las órdenes de los capitanes de navío y las canciones de los marineros, cuando toda Atenas se encontraba reunida allí para despedir a sus hombres, de repente algo brilló a la luz del día con tanta intensidad que nuestros ojos se concentraron sobre aquel objeto, y vimos por primera vez el escudo dorado de Alcibíades, que recordaba cualquier cosa menos un arma de guerra. Por supuesto, algunos de los más viejos lo censuraban entre dientes, pero la mayoría aplaudía y las mujeres reían abiertamente, a pesar de que Alcibíades se llevaba a sus maridos para hacer realidad su sueño personal, el sueño de toda su existencia.

Algunos con muy buena vista se volvieron hacia donde estaba yo. La Afrodita del escudo se me parecía. Seguramente habría enviado mi retrato al orfebre, y una alegría mezclada de miedo se adueñó de mí. Temblaba con todo mi cuerpo y lloraba sin poder contenerme. Fui la única que lloró aquel día. Más tarde lo harían todos.

Pues bien, me encontraba de pie ante el escudo, lo miraba y me preguntaba si volverían momentos así. ¿Volvería a ser él de nuevo el centro de todas las miradas atenienses? ¿Volvería yo a verlo dejar a su espalda el puerto, como un sueño en pos de otro sueño?

En la sencilla casita de campo en Frigia, me resultaba difícil imaginarlo.

Me sorprendió lo mucho que pesaba la espada. A juzgar por la facilidad con la que la manejaban los hombres, jamás hubiera imaginado que fuese tan pesada. Sosteniéndola con las dos manos, empecé a avivar el fuego y de repente me quedé paralizada. Vi sobre ella dos manchas parduscas. ¿Qué otra cosa podía ser sino sangre?

Dejé la espada en su sitio y quise ir a la cama y acostarme junto al cuerpo desnudo de Alcibíades. Quería preguntarle cómo podía alguien golpear un cuerpo vivo, ¿cómo era posible ese gesto irrevocable?

Conocía todas las respuestas. Las había escuchado otras veces: en nombre de los dioses o en nombre de la patria o por la protección de las mujeres y de los niños y de las posesiones. Se mataba para no perder aquello que se poseía y para adquirir algo más. Degollabas para que no te degollaran.

Por supuesto, conocía todas sus respuestas. Cada vez que los atenienses debatían sobre una nueva guerra, se oían argumentos similares hasta que todos creían en ellos. Incluso yo los creía, aunque con ciertas reservas. Mi guerra se parecía más a un teatro: las hermosas armaduras, los caballos y los jinetes, las velas de las naves desplegadas.

Por primera vez, delante del fuego medio apagado comprendí lo absurdo que era todo aquello. Lo inhumano y vergonzoso que era.

Alcibíades dormía más tranquilo ahora. Veía su espalda desnuda y un escalofrío me recorría el cuerpo al pensar lo que una espada podía hacerle. A fin de cuentas, las armaduras son un hermoso pretexto. Puedes imaginar que estás golpeando un casco y no una cabeza.

Mi amigo Clearco decía que lo único que diferencia al hombre de los animales es la risa. Esto es verdad, aunque en cierta ocasión tuve un papagayo que reía. Me lo había regalado un rico vejete de Marsalia que venía a mi casa única y exclusivamente para ver cómo me desvestía. Para todo lo demás, tenía un montón de esclavos y esclavas, me decía riéndose, y además «toda la magia está en los ojos», añadía en su extraño dialecto.

Es otra cosa lo que realmente diferencia al hombre de los animales.

El hombre puede fingir. Puede engañarse a sí mismo y a los demás; puede oír y ver sólo lo que quiere.

Los animales no pueden. Los animales sufren por cosas reales. El hombre sufre con independencia de la realidad.

*

No tiene ninguna importancia si la realidad existe o no. En última instancia, somos nosotros quienes decidimos. Nosotros hemos de hacer la elección entre decenas de episodios fortuitos para dar forma a nuestra contingencia.

Si no hubiera ido al discurso de Pericles quizá nunca me hubiera encontrado con Alcibíades. Si él no hubiera sido pariente de Pericles, posiblemente no habría estado a su lado y yo no lo habría visto. Si un único eslabón en esta cadena de episodios casuales hubiera sido diferente, puede que toda la cadena hubiera sido otra, o ni siquiera hubiera llegado a existir.

Pero ningún eslabón era diferente y la cadena había llegado a ser tan inevitable como frágil. Cada episodio adquiría sentido en relación con la cadena, pero la cadena adquiría su sentido por mí o, mejor dicho, adquiría su sentido con relación a mí. Mi conclusión era una paradoja, y nunca me han gustado los absurdos. Todos los embaucadores que conocí en Atenas –y la ciudad estaba llena de ellos– eran hombres desgraciados cuya mayor dicha consistía en una pobre ironía: que el mundo no es como pensábamos que era.

En el mundo tal y como lo conocemos, Aquiles siempre alcanza a la tortuga. En el mundo de los charlatanes no la alcanza jamás. A decir verdad, la paradoja no cambia nada. Al final se alcanza a la tortuga.

Lo mismo sucede con el hombre. Y conmigo también. Al final llegué a la humilde casita de campo en Frigia con un amante cuyos días de gloria habían quedado atrás y con un amor que ya había visto sus mejores días.

¿Qué era, en definitiva, nuestro amor?

Avivaba el fuego con la pesada espada de Alcibíades, la veía brillar y no podía concentrarme en mis pensamientos. No veía más que fragmentos de imágenes e instantes, y me daban ganas de llorar. No... No de llorar, sino de plañir por algo que no sabía qué era.

¡Cómo me hubiera gustado ser una niña pequeña aún!

*

No sin cierta satisfacción, veía acercarse la vejez. Sé que parece extraño; la gente cree que las mujeres como yo son coquetas, siempre dispuestas a engañarse a sí mismas y a los demás; que pretenden conservar la juventud tiñéndose el cabello y maquillándose hasta el último día de su vida. En pocas palabras, la gente cree que la vejez es la mayor catástrofe para nosotras y cuentan historias sobre heteras de edad madura que se deshicieron de todos los espejos de su casa, que rehuían incluso las aguas estancadas, cualquier superficie en la que pudieran verse reflejadas, sí, incluso los ojos de sus amantes.

Letó de Lesbos prohibía a sus amantes que la vieran. Sin embargo, ellos iban de todos los rincones del mundo a su casa, donde Letó, en una habitación en completa penumbra, los aguardaba con brazos y labios expertos. Ninguno tenía la más mínima queja. En la oscuridad, Letó era siempre como la imaginaban y, a fin de cuentas, cada hombre que va con una mujer lleva otra dentro, y es con esa con quien hace el amor. De lo contrario, ¿por qué cierran los ojos?

Alcibíades, en cambio, no cerraba los ojos. Y no sólo esto, sino que insistía en que los mantuviera abiertos también yo.

–Cuando cierras los ojos no sé quién soy –me dijo en cierta ocasión.

¡Por supuesto! Siempre quería saber quién era y siempre encontraba hombres que se lo recordaban. Pero quién era *de verdad*, sólo Sócrates se lo decía.

Comencé hablando sobre heteras maduras y he terminado en Alcibíades. Me pasa esto cada vez que me pongo a pensar. Empiezo por un tema y termino en otro diferente. Nunca he aprendido a reflexionar. Una vez, en broma, pregunté al geómetra Teodoro qué hacía cuando reflexionaba. Me miró fijamente un buen rato.

–Depende. Cuando quiero solucionar un problema, me duermo. Cuando quiero encontrar un problema, me despierto.

Algo parecido decían de Sócrates. Sin saber por qué, algo lo atrapaba y se quedaba absorto. Cuando volvía en sí, se frotaba los ojos como si hubiera estado durmiendo. ¡Y era tan gracioso verlo...! Lo adoraba y, lógicamente, comprendía lo atado que estaba Alcibíades a él.

Lo que no comprendía todavía era que aquello por lo que se amaban sería el motivo de que, llegado el momento, se odiaran.

Los sofistas tenían razón. Todas las monedas tienen dos caras. Nosotros elegimos la moneda y los otros, su cara.

*

A medida que avanzaba la noche, el frío se hacía más intenso. Allá a lo lejos, distinguía hogueras y deducía que serían pastores que dormían a la intemperie. Por un momento deseé su libertad.

Siempre me ha gustado mirar el fuego, desde pequeña. Podía quedarme horas y horas sentada ante la chimenea con una extraña excitación que me obligaba a apretar las rodillas.

Me pregunto si no fueron aquellos momentos frente al fuego los que me convirtieron en la mujer que soy, mucho más que las lecciones de mi madre que se hacían cada vez más intensivas.

Las llamas me enseñaban el ritmo de las caricias, aquellas lenguas ardientes que aparecían y de pronto se ocultaban, reales e irreales a la vez, pero siempre presentes.

Y al fin, cuando las llamas abrazaban los leños por todos lados, tenía la sensación de una vaga victoria, algo que veía también en los ojos de mi madre. Aunque con ella nunca sabías; quizá también tenía sus ojos bajo control.

Sus ojos eran grandes, azules, algo muy poco corriente. Pero la distancia entre ellos era también inusualmente grande y te daba la impresión de que te veía por los dos lados a la vez. Nada se escapaba a su mirada, y más que nada, nadie.

Por la noche, cuando volvimos a casa después del discurso de Pericles en el que vi a Alcibíades por primera vez, escuché que le decía a su amigo, el sofista Protágoras, ya viejo:

–Ese joven tiene lo mejor que hay en nuestra ciudad: inteligencia, belleza y riqueza. Pero tiene además otra cosa que no había antes.

Protágoras le preguntó algo así como qué era esa cosa nueva, pero mi madre no supo responder, por lo que Protágoras, fiel a su costumbre, terminó la conversación con un sofisma:

–¡Sea lo que sea lo nuevo, no es él quien lo tiene sino nosotros, que se lo damos!

Mi madre se echó a reír sin decir nada y no hablaron más sobre este asunto. Todos sabían que cuando mi madre se echaba a reír significaba que debían cambiar de conversación.

*

Alcibíades era el tema recurrente del día, no sólo en nuestra casa sino también en todas las demás. Una anécdota sucedía a otra, y de no haber sido quien era, se habría asfixiado en su propia leyenda.

Ningún otro ateniense tenía los ojos del mundo sobre sí, como él, y yo me pregunto por qué. ¿Qué les daba que no les daban los demás?

La misma pregunta me hago con respecto a mí misma, ¿qué me daba que no me daba ningún otro? No lo sé. Podría enumerar todas sus cualidades como hombre y como amante, sin embargo, la respuesta no radica ahí.

Quizá Protágoras tuviese razón.

Lo que contaba era lo que le daba yo, lo que podía hacer por complacerlo, sin saberme obligada. Quizá lo nuevo que nos aportaba era que nos hacía jóvenes; pero no estoy segura. Cuanto más lo pienso, menos lo entiendo. El poder que un hombre ejerce sobre nosotros es tan incomprensible como real.

Tenía diez años cuando lo vi por primera vez; me cautivó de inmediato no sólo por ser quien era, sino también porque me hacía soñar. Imaginaba que vivíamos juntos, que era mi hermano, que yo no era una chica sino un muchacho, y que luchábamos y competíamos en la carrera; que lo frotaba con aceite después del baño.

Mi madre, en cambio, olvidaba a menudo que era una niña, pero esto se debía a que tenía prisa por convertirme en una mujer. Siguió viniendo todas las noches a mi habitación. Me enseñó cómo cepillarme el pelo, cómo mantener las rodillas juntas con elegancia y naturalidad, no como una solterona timorata.

Me enseñó a mantener el cuerpo erguido, pero como si quisiera acariciar el cielo, no como si me hubiera tragado una espada.

Al principio, me aburrían aquellas enseñanzas, pero luego terminaron siéndome imprescindibles. Me gustaba, por ejemplo, mirarla cuando me mostraba cómo debes cruzar una estancia sabiendo que todos te están mirando; o cuando quieres hacer que todos te miren. De repente, no era mi madre, sino una criatura mágica diferente con mil artes y señuelos.

Una noche no vino a mi cuarto. Entonces fui yo al suyo. La encontré delante del espejo, mirándose.

–¡Qué hermosa eres, madre! –dije.

–¡Cada día resulta más difícil! –respondió sin vacilar, como si tuviera la respuesta preparada desde hacía tiempo.

La alcoba olía muy bien y la luz de su lámpara era tenue y agradable. Mi madre se quitó la túnica y por un instante se quedó de pie, desnuda ante la cama. Su cuerpo resplandecía.

–¿Seré yo tan hermosa algún día? –le pregunté.

Se echó a reír, pero no cambió de conversación.

–¡Mucho más hermosa! –dijo.

Así como estaba, de pie, no como si se hubiera quitado la túnica, sino como si hubiera emergido de la tela, me recordó a la diosa que nació del mar, tal y como me lo había contado mi maestro Midas. Aquella noche decidí que en lo sucesivo escucharía sus consejos.

*

No era corriente que las muchachas tuvieran un maestro. Pero yo no era una muchacha corriente, porque mi madre no era como las otras madres. No soñaba con verme casada con un rico comerciante que viniera a mi cama única y exclusivamente para dormir, después de los banquetes con amigos y heteras.

–¡Mejor sin un hombre que con un marido! –la escuché decir una vez a un amigo suyo.

Su sueño era dejarme como una sucesora digna, y, sin Alcibíades, lo habría conseguido.

El amor me cambió la vida y más tarde acusaría a mi madre de que era cruel.

–¡Todos tenemos un corazón! –me respondió enfadada–. Eso no significa que lo tengamos en el mismo sitio. ¡Las mujeres tienen el corazón entre las piernas y ya es hora de que lo pongan en otra parte!

Probablemente para trasladarme de sitio el corazón contrató a Midas, un lidio de mirada apacible que había nacido esclavo, pero que con su inteligencia había conseguido obtener la libertad.

Su primer amo fue Artemón, un viejales cascarrabias y malhablado cuyas maldiciones hacían que los marineros de El Pireo enrojecieran como una puesta de sol. Pero, al mismo tiempo, era el más genial inventor de la época, y sus máquinas de guerra, como «el ariete» (carnero) y la «tortuga» dieron a Pericles la posibilidad de derribar las murallas de Samos y someter la isla.

Midas había nacido en Clazómene, una ciudad pequeña pero rica, donde Artemón tenía su taller. Era menudo y enclenque, así que lo dejaban tranquilo. Se pasaba horas mirando embobado las obras de su amo. El anciano se percató de ello un día y le gritó:

–¡¿Qué miras, moco?! –le preguntó sin rodeos.

–No miro, amo. Examino.

–¿Y qué examinas, animal?

–Cómo hacerlas mejores.

Artemón se echó a reír, aunque ciertamente el pequeñajo había despertado su curiosidad, de modo que se lo llevó con él, y nunca se arrepintió de haberlo hecho, porque Midas en pocos años había aprendido el oficio y podía sustituirlo en todo.

Así lo encontró Pericles y se lo llevó a Atenas.

Esta era la historia de Midas y no puedo saber con seguridad si era cierta del todo, pero ¿por qué no voy a creerla?

En Atenas, Midas abandonó su antiguo oficio y se dedicó a formarse: retórica, Homero y artes musicales. Lo absorbía todo como una esponja y muy pronto también se convirtió, como un verdadero ateniense, en el mejor flautista de su época.

Era afortunado. Todas las mañanas, cuando despertaba, su primer pensamiento era qué le enseñaría ese nuevo día.

Pericles le confió a sus hijos, que no eran demasiado inteligentes, como me confesó Midas en secreto, lo que significaba que eran bastante lerdos. Durante un tiempo también Alcibíades fue su alumno, y me decía que este odiaba la flauta porque deformaba el rostro.

–Que toquen la flauta los tebanos. De todos modos, no pueden ser más feos. Pero nosotros somos atenienses. Atenea tiró la flauta y Apolo despellejó vivo a aquel idiota, a Marsias, que quiso competir con él –decía Alcibíades, y todos los jóvenes de Atenas lo escuchaban como a un dios y ninguno iba a clase de flauta.

Pero en el fondo, ¿qué era lo que le importaba tanto? ¿Que se ponía feo? No. Lo que no soportaba era que con la flauta en la boca no podía hablar. «¡Con la lira no se me tapona la boca, la flauta me deja mudo!», decía.

Y mudo no podía estar, aunque Midas lo provocaba diciéndole que sólo los malos flautistas se sienten mudos; los buenos hablan con el instrumento y lo hacen mejor que el mejor orador.

No lograban ponerse de acuerdo, pero ¿cómo iban a conseguirlo? Oriente es Oriente y Occidente, Occidente.

Ahora que lo pienso, veo que el uno requiere al otro y a la vez lo excluye. No se puede vivir con las dos caras de la moneda.

*

Midas se convirtió en mi maestro y no creo que tuviese nunca un alumno mejor que yo. Tenía ganas de aprender; tenía curiosidad y con toda probabilidad tampoco era demasiado torpe.

Además, me caía bien. Me gustaba su voz suave y la forma en que hablaba, con un acento un tanto particular, y a la vez con cierta tensión, por miedo a cometer un fallo. Me gustaban sus manos finas, y muy pronto comencé a imaginármelas sobre mi cuerpo, que se despertaba, se abría y se volvía más profundo.

No sé cómo expresarlo mejor, pero era exactamente así como lo sentía, como si me sumergiera en el interior de mi propio cuerpo.

Midas me instruía en todo: música, danza, retórica, matemáticas y filosofía. La retórica no me interesaba especialmente, pues nunca he comprendido qué sentido tiene convencer a otros de cosas en las que tú no crees, y menos aún de cosas en las que crees.

El gran modelo era Gorgias de Sicilia, que podía hacer de lo blanco, negro y de lo negro, blanco. Midas protestaba. Lo único que sostenía Gorgias era que no existe nada y, si algo existiera, no lo sabríamos, y si lo supiéramos, no podríamos transmitírselo a los demás.

Confieso que yo no sabía qué decir, pero a Alcibíades no le faltaban respuestas. De pronto le dio un puñetazo a Midas, que se quedó perplejo y le preguntó si se había vuelto loco.

–No –dijo Alcibíades–. Simplemente estoy aplicando la teoría de Gorgias. Ni tu rostro existe, ni mi puñetazo. Y si existieran no lo sabríamos. Y si lo supiéramos no podríamos decírnoslo el uno al otro.

Tenía trece años en aquel tiempo y había hecho reír a toda Atenas. A partir de entonces, Midas fue mucho más cauto cuando explicaba las teorías de Gorgias a los amigos de Alcibíades, que lo imitaban en todo.

Aunque tampoco Midas creía en la teoría de Gorgias. Midas era un pitagórico irreductible. Cuando le pedí que me explicara qué significaba eso me dijo que todavía no era el momento, que antes tenía que aprender más matemáticas.

Me gustaban las matemáticas, cosa que le parecía extraño. No entendía qué interés podían tener para una muchacha joven. Tampoco yo lo sabía, simplemente me gustaba jugar con los números, un juego sin fin, y me preguntaba a mí misma cuál era el número más grande del mundo y Midas me decía que no existía tal número, que en cada número hay otro más grande. Un día no pude más y le dije:

–Si la cosa más grande que existe son los números, entonces los números son dioses.

–Algo así dice Pitágoras –fue su respuesta.

*

Sé que mi mente va de aquí para allá, en lugar de concentrarme en nuestra situación. Pero no puedo. No he terminado de pensar algo e inmediatamente estoy pensando en otra cosa.

¿No es la vida también algo así? ¿Quién sabe lo que es importante y lo que es banal?

¿Quién puede separar su destino del destino de los demás?

Hay momentos en los que mi mayor deseo es hacer un resumen general; contar la historia en cuatro palabras, aunque todos los resúmenes me perecen engañosos, como sueños de mañana.

Así, pues, nada de resúmenes. Se los dejo a los otros, y sé más o menos lo que dirán:

«Timandra, hija de Teodoti. Las dos, heteras muy conocidas. Se relacionaban con filósofos, artistas, estrategas. Timandra estaba enamorada de Alcibíades. No se sabe dónde murió.»

Me preocuparé personalmente de que no sepan el lugar de mi muerte, y les dejaré que hagan todos los resúmenes que quieran. Yo no hago un resumen. No hay razón para rebajarme a una nota, aunque sepa que no soy más que un pequeñísimo capítulo en la historia.

La vida requiere paciencia. Lo mismo requiere nuestra historia.

Nuestra vida fue una peripecia. Espero que el relato también lo sea.

*

Durante un tiempo fui muy feliz con la idea de que existía un número que era más grande que todos los números que podía concebir. Había seguridad en esa idea que guardaba sólo para mí, como un secreto, y comencé a sonreír como sonríen los hombres con secretos felices.

Mi madre y Midas explicaban mi cambio de forma diferente... Creían que había comenzado a convertirme en una mujer, y mi madre, a menudo, mencionaba que muy pronto tendría mi primera regla y que no debía asustarme.

En realidad, no tenía miedo alguno y, sin embargo, el día en que llegó la sangre me aterroricé. Fue una tarde al final del verano. Hacía mucho calor. Tenía clase de danza, pero todo mi cuerpo estaba pesado y no tenía ninguna gana de bailar, y Midas en vano intentaba ocultar su decepción. De repente, dijo:

–¡Baila desnuda!

Su voz era carrasposa y lo miré con perplejidad; aún era una niña. Me miró también él.

–¡Baila desnuda! –repitió.

Lentamente, del mismo modo que había visto a mi madre hacerlo, dejé caer al suelo mi fina capa. Midas cogió la flauta y pegó sus labios a ella como si la besara. Comenzó a tocar una melodía en ritmo lidio, con muchas repeticiones. Sus ojos estaban clavados en mí y no podía esquivarlos.

Comencé a bailar, y tenía la sensación de que estaba bailando en el interior de sus ojos, me sentía cada vez más ligera; mis caderas, sí, mis caderas, se contoneaban como si fueran autónomas. Mis pezones se endurecían y todo mi cuerpo se dejaba llevar al ritmo de la flauta, pero también de otro ritmo diferente que procedía de mi interior. Era un ritmo nuevo, inesperado, que me arrastraba como un remolino.

Lo único que me sujetaba a la tierra eran los ojos negros de Midas, de otro modo me habría evaporado como la escarcha de la mañana.

A mi alrededor, el aroma de las pasas madurando al sol, los preparativos para la cena, el salitre del mar, que una suave brisa traía del Falero. Y yo bailaba y bailaba, hasta que caí en el suelo, agotada, y sólo entonces, aparté mis ojos de los ojos de Midas.

La sangre llegó un instante después.

Midas me cubrió con su capa, acarició suavemente mis cabellos y salió de la habitación.

*

Midas y yo no volvimos a hablar de aquella tarde. Sin embargo, mi madre, a la que le gustaban los gestos dramáticos, no perdió la ocasión. Vino a mi habitación con seis pañitos blancos con mi nombre bordado sobre cada uno de ellos con letras muy pequeñas, como si fueran algo secreto.

Me los dio diciéndome con voz solemne y algo apesadumbrada:

–Ahora ya eres una mujer, ¿sabes lo que esto significa?

No, no lo sabía. Me explicó que a partir de ese momento podría quedarme embarazada y que debía tener cuidado.

–¿Tener cuidado con qué?

–¿Sabes bien lo que hacen un hombre y una mujer juntos?

–Beben y hablan –dije.

Mi madre me sonrió.

–Eso también, por supuesto. Pero, después, cuando van y se acuestan juntos.

–Me lo ha dicho Roxana.

–¿Qué te ha dicho?

–Que se frotan el uno con el otro y luego la mujer tiene un niño.

Mi madre se echó a reír de nuevo.

–Lavarás estos pañitos siempre tú misma con agua muy caliente. No permitas que nadie los vea, ni siquiera tu esclava de más confianza. Te los cambiarás dos veces al día, cuando tengan sangre. Después los guardarás. Sólo tú sabrás dónde están. Nunca se lo digas a nadie. ¡Ni siquiera a mí!

Prometí seguir sus instrucciones y he mantenido mi promesa. Aún tengo los mismos pañitos, sólo que sé mejor lo que sucede en la cama. Me llevó tiempo aprenderlo, hasta que mi cuerpo, que de un día para otro se había convertido en una fuente ensangrentada, encontró satisfacción y luego placer.

Las clases con Midas siguieron como siempre. A menudo dábamos largos paseos hasta el Himeto, que al comienzo del verano olía muy bien. Midas me mostraba las flores, los arbustos, los árboles y aprendía sus nombres.

Pino, laurel, almendro, olivo, higuera, cactus. Los cactus me gustaban mucho, sobre todo uno que llamaban «inmortal».

Me gustaba aprender nombres diferentes. Me daba cierta sensación de poder. Me gustaba vivir en un mundo donde cada cosa tenía su nombre y podía nombrarla.

*

En uno de aquellos paseos me encontré de nuevo con Alcibíades. Era verano, hacía calor y nos habíamos alejado de la ciudad siguiendo el Iliso, que en esa época apenas llevaba agua, salvo para mojarte los pies y refrescarte. Íbamos al pequeño templo de Ártemis quien, según el mito, acostumbraba a cazar en estos parajes.

Midas era completamente indiferente a los dioses olímpicos, al menos en lo que respecta a su divinidad. Tenía su propia religión y con frecuencia hablábamos sobre ella. Como he dicho antes, Midas era pitagórico y vivía de acuerdo con los preceptos de su creencia.

He olvidado la mayoría de ellos. Recuerdo alguno porque eran sencillos y disparatados a la vez. Los pitagóricos, por ejemplo, no comían habas. No podían coger del suelo algo que hubiese caído. No estaba permitido dejar a una golondrina construir un nido debajo del techo de sus casas, ni mirarse en el espejo con una lámpara encendida al lado.

Tenían preceptos incluso para hacer la cama. Las sábanas debían estar bien estiradas de modo que no se viera ninguna huella de quien había dormido.

Creían también que el alma es inmortal y que va de una existencia a otra, de tal manera que Midas muy bien podría haber sido un sátrapa o un arquero escita en una vida anterior.

Los pitagóricos dividían a la humanidad en tres categorías. La categoría más baja era la de los mercaderes; después, todos los que compiten entre sí por el poder y la fama, y, por encima de todos, aquellos a quienes les basta con observar a todos los demás.

Midas, por supuesto, pensaba que pertenecía a la categoría más alta, y yo lo provocaba diciendo que no era tan difícil, bastaba con no hacer nada.

–Pero eso es lo más difícil de todo –me respondía y yo me reía con aquella respuesta. Ahora, sin embargo, no estoy tan segura.

Pues, bien, a Midas no le interesaban nuestros dioses olímpicos y nuestras diosas, sólo le gustaban sus mitos y los contaba tan bien que no me cansaba de escucharlo.

Caminábamos lentamente porque hacía calor y de cuando en cuando me acercaba al río y me mojaba los pies. De repente, oímos una voz algo quebrada:

–¡Eh, muchacha! ¿Quién eres? ¿La ninfa o su amiga?

Me volví para ver de dónde venía la voz, y lo mismo hizo Midas. Yo me puse muy contenta, pero él, no. En la orilla de enfrente, debajo de un enorme plátano estaban tumbados en la hierba cinco o seis hombres jóvenes y, entre ellos, Sócrates con su calva.

A su lado estaba Alcibíades, que sonreía con todo su rostro, y comprendí que era él quien había gritado. Nos hizo una señal para que fuéramos a donde estaban. Midas, que era responsable de mí, no quería, por lo que Alcibíades se dirigió directamente a él:

–¡Eh, Midas, tráenos a esa hermosa muchacha para que la veamos, Bóreas está muerto!

Midas farfulló algo que no oí y accedió. En realidad, lo que más deseaba era encontrarse en presencia del filósofo y sus discípulos.

–¿Qué le digo? ¿Soy la ninfa o su amiga? –le pregunté.

Midas me miró con esa serena mirada suya, pero no respondió. Nada más llegar, Alcibíades se puso de pie cediéndonos su sitio a Midas y a mí. Me cogió de la mano y me llevó hasta Sócrates, que estaba absorto, con los pies metidos en el agua de un pequeño manantial.

–Y bien, ¿quién eres tú? –me preguntó tranquilamente.

–Me llamo Timandra y soy hija de Teodoti.

–¡Por fin alguien que sabe quién es! –dijo Alcibíades, y los demás soltaron una carcajada. No entendí por qué, pero no me preocupaba.

Un joven con un papiro en la mano, que sostenía como si fuese algo vivo, tomó la palabra.

–Sócrates no cree en ninfas ni en sátiros –dijo con cierta seriedad y yo pegué la oreja.

–Todo lo contrario –respondió Sócrates–. No sólo creo en ellos, sino también en lo que cree la gente. Sólo que no intento explicarlo, como otros, y hacerlo comprensible. Porque para explicar un mito tienes que hacer referencia a otro y, al final, te encuentras con un montón de ninfas, caballos alados, peces con forma humana y hombres con forma de pez. Y todo esto lleva tiempo y yo prefiero dejar este trabajo a los sofistas, que piensan en ganar dinero y que están obligados a hacer más entretenidas sus reflexiones para que resulten más rentables. La verdad es simple y aburrida excepto para quienes la ven.

Cuando hablaba Sócrates se hacía un silencio absoluto. En cuanto terminó, Alcibíades dio un respingo, como si le hubiese picado una mosca.

–¡La verdad! ¡Y dale con la verdad! La única verdad que existe es la que los fuertes imponen a los débiles.

–Y tú, Alcibíades, hijo de Clinias, por supuesto estás decidido a ser el más fuerte de todos –dijo Sócrates con frialdad.

–Pero no hemos venido aquí a pelearnos –dijo el joven del papiro–. Aquí tenemos el tratado de Lisias sobre los efectos perniciosos del amor. Sobre esto debemos discutir.

De nuevo todos se echaron a reír, excepto Midas y yo.

–¡Lisias es una vieja solterona! –refunfuñó Alcibíades–. Quiere el amor, pero no su coste. Mejor, dice, estar con alguien que no te ama demasiado a estar con alguien que está locamente enamorado de ti, porque tarde o temprano tendrás problemas. ¡Mejor fingir que se está enamorado a estarlo de verdad! ¡Sandeces!

Escuchaba lo que decía, pero no entendía nada. El joven del papiro se había puesto rojo de rabia.

–¡Siempre simplificas las cosas, Alcibíades! ¿Qué dices tú, Sócrates?

Sócrates no parecía estar muy interesado.

–Yo digo que preguntemos a esta joven para que nos diga su opinión –dijo.

–Pero todavía es una niña –medió Midas.

–Los niños y los borrachos son los que dicen la verdad –me susurró al oído Alcibíades, y su cálido aliento me acarició el cuello.

–No sé –dije yo.

–La respuesta ideal –dijo Sócrates. Y dio por terminada la conversación.

Midas se puso en pie, era la hora de regresar a casa. También yo me levanté, pero antes quería un poco de agua y coloqué las palmas de mis manos bajo el manantial y, al inclinarme para beber, contemplé mi rostro y me quedé perpleja.

Resplandecía toda yo. Estaba feliz, muy feliz.

Cogimos un sendero entre lentiscos que despedían un agradable perfume. Pasado un trecho, miré atrás para ver de nuevo el plátano, el manantial, el grupo. Sólo distinguí a Alcibíades que, ya de pie, nos decía adiós con la mano.

También yo lo saludé con el mismo gesto.

*

Esa fue nuestra primera despedida. Se sucederían otras, pero en aquel instante me importaba más lo que había pasado que lo que pasara en el futuro.

El sol había comenzado a descender y el calor ahora venía de abajo, de la tierra y de las piedras. Las chicharras, las ranas y los pájaros estaban tranquilos, como si aguardaran algo.

–Se acerca una tormenta –dijo Midas–. Hemos de darnos prisa.

Yo no tenía ningunas ganas de prisas. Caminaba detrás de él con paso lento y en aquel momento no me importaba la tormenta que mi maestro temía. Retumbaba otra tempestad dentro de mí, un torbellino que hacía que mi corazón latiese como si hubiese echado una carrera. Antes que nada, tenía que tranquilizarme.

–¿De qué ninfa hablaban? –le pregunté.

En ese momento se desató la tempestad. El cielo se oscureció de pronto, relámpagos como espadas gigantes lo cruzaron y comenzó a caer una lluvia fuerte. Midas corrió hacia el templo de Ártemis y yo lo seguí. Cuando recobramos el aliento le dije:

–No has respondido a mi pregunta.

Midas abrió los brazos. Me resguardé en ellos. Su olor se mezcló con el fuerte olor de la tierra mojada. «Así es como huele un hombre», pensé. Luego cerré los ojos y él comenzó su historia.

–Aquí, a este paraje, solía venir Oritia, la hermosa hija del rey Erecteo para hacer compañía a su amiga la ninfa Farmacia. Farmacia era una bondadosa y alegre ninfa, no demasiado bella, que hacía bien a muchas personas con el agua de su manantial.

»Debía de ser un día caluroso, como hoy. Oritia se quitó el manto y se metió en las frescas aguas del río mientras Farmacia la miraba, ufana, desde la orilla.

»Las ninfas nunca tienen calor como las chicas corrientes porque su sangre es menos espesa y más fresca. Por eso, además, pueden estarse horas danzando. En cambio, los toros no bailan jamás porque su sangre es espesa; si la bebes, mueres. Pero si bebes la sangre de las ninfas te crecen alas.

»Pues bien, la hermosa Oritia se metió en el agua mientras Farmacia estaba sentada en la orilla y la miraba. De repente se desató una nueva tormenta, como hoy, pero mucho más fuerte. Farmacia vio a Bóreas, el dios del viento, bajar del monte a grandes zancadas, y a su paso partía árboles y arbustos. El agua de los manantiales se oscureció, el río corría como si fuera presa de una locura divina.

»Oritia no era miedosa. Siguió dentro del río y encantada con el violento cambio del tiempo. Así la vio Bóreas, desnuda y valiente, y comprendió que era la mujer que le convenía.

»Farmacia vio cómo la sacaba del río como si no pesase nada y se la llevaba con él a su reino, más allá de Tracia.

»Desde entonces ningún mortal la ha visto. En cualquier caso, le dio dos hijos, dos veloces y fuertes varones, que más tarde fueron con Jasón en la expedición de los Argonautas. Le dio también dos hijas que se casaron con reyes.

»Mira, ya ha pasado la tormenta y nadie te ha raptado a ti.

La tormenta había estallado y no me había raptado nadie. Muchas veces me he preguntado desde entonces quién sueña con el rapto, ¿el hombre o la mujer?

Una cosa es cierta: Midas se equivocaba, porque alguien me había raptado. El que haría que un día me encontrara en la sencilla casita de campo en Frigia.

Los primeros días no teníamos ganas de pensar en el futuro, pero de repente el futuro estaba allí fuera y nos esperaba.

Lo curioso era que no estaba inquieta. Había sacado mis propias conclusiones. Quienes nos acechaban fuera de la casa no eran amigos, porque los amigos no se ocultan.

Dejé que Alcibíades siguiera durmiendo. De vez en cuando, avivaba el fuego con la espada y menos mal que Midas no me veía, porque, según los pitagóricos, no se podía tocar el fuego con un hierro.

Pero Midas ya no vivía y quién sabe dónde se encontraba su alma.

*

Tomamos el camino de regreso con el fresco que la repentina tormenta había dejado tras de sí. No podía olvidar a Alcibíades. Aún sentía su suave y cálido aliento, y un escalofrío recorrió mi cuerpo, como si hubiese cogido un resfriado.

Iba delante en el sendero entre lentiscos que brillaban al sol y de repente me entraron unas ganas locas de gritar. No pude contenerme y solté un fuerte grito.

El pobre Midas se desvivió por ver qué me había sucedido. Pero al percatarse de la expresión de mi rostro movió la cabeza diciendo:

–¡Pronto hemos de encontrarte un hombre!

Por la noche, comí con apetito y me retiré a mi habitación. Me senté un buen rato en el baño y pedí a Roxana que me frotara con el mejor aceite que teníamos. Mientras me restregaba, yo metí la mano en mi sexo sin saber por qué.

No dejaba de pensar en Alcibíades.

Pensaba en Alcibíades, pero las manos eran las de Roxana, que, con movimientos lentos, circulares, dominaban mi cuerpo desde el cuello hasta la planta de los pies y hacían que me estremeciera de excitación.

De vez en cuando oía que Roxana suspiraba profundamente. Casi sin que me diera cuenta, me había vuelto boca arriba y me untaba aceite en la garganta, en los pechos, en el vientre, cada vez con más intensidad, y veía sus manos morenas y suaves como golondrinas pasar sobre mi sexo.

Sus dedos, perfumados con aceite de rosas, se deslizaban sobre mí como una cálida brisa de África y quería gritar, pero en esa ocasión no lo hice.

Oculté mi grito tras mis párpados, manteniéndolos cerrados con fuerza, y cuando mi cuerpo al fin estalló en un movimiento cíclico que parecía interminable, atraje a Roxana hacia mí y la besé en la boca para tapar mi voz.

Durante todo el tiempo pensaba en Alcibíades.

Roxana estaba sentada en el borde de la cama. Su mirada era turbia, como metida para adentro. Habían sucedido muchas cosas en un breve lapso de tiempo. Había descubierto el placer. Había descubierto que podía alcanzarlo y sentía un gozoso agradecimiento hacia Roxana y comprendía por qué rehuía mis ojos. Ella sabía lo que había sucedido.

Más tarde, comprendería que sólo una mujer puede estar segura de la autenticidad del placer. El hombre está condenado a la inseguridad y a la intranquilidad. Las mujeres podemos fingir, los hombres no pueden.

Me parecía extraño que Roxana, aunque casi de mi edad, fuese más precoz que yo en estas cosas. Me explicó que en su país todas las muchachas, en especial las pobres, aprendían en casa, con parientes, lo que había que saber, ya que tarde o temprano tendrían que complacer a algún hombre.

Entonces ¿por qué no me había dicho la verdad desde el principio?

–¿Qué verdad? –se limitó a preguntar Roxana.

Le cogí la mano y besé uno a uno sus dedos. Reconocí su olor. Era el mío.

*

Al día siguiente, vi que Midas conversaba con mi madre. Le estaba contando algo con gestos inusualmente expresivos y los dos se echaron a reír. No sabía lo que le había dicho.

Resultó que se trataba del escándalo más reciente de Alcibíades, y toda Atenas reía a costa de Anito, un rico comerciante en pieles, que estaba locamente enamorado de Alcibíades y no hacía nada por ocultarlo. Al contrario, corría tras él en el ágora y en el gimnasio.

Anito no era muy hablador, pero si decía diez palabras, nueve eran sobre Alcibíades. La noche anterior había organizado un gran banquete en honor de algunos comerciantes amigos suyos que habían llegado de las colonias. Los banquetes de Anito eran archiconocidos porque siempre ofrecía lo mejor que existía, tanto en comida y en bebida como en cantantes y bailarines.

Pero el banquete de la noche anterior iba a ser algo fuera de lo común por la presencia de Alcibíades, aunque al final, a pesar de haber recibido la invitación, este prefirió quedarse en casa bebiendo y comiendo con sus amigos y haciendo chistes a costa del pobre Anito.

En un momento dado, se les acabó la comida y el vino. Entonces Alcibíades tuvo una idea brillante: cogió tres esclavos y fue derecho a casa de Anito. Entró en la sala del banquete, ordenó a sus hombres que cogieran la mitad de la comida y del vino, se los llevó y se marchó sin pronunciar palabra.

Tampoco Anito dijo nada. Sus amigos estaban muy indignados y le reprochaban a Alcibíades que se hubiese comportado como un cerdo y como un vulgar ladrón. Entonces Anito suspiró profundamente y dijo:

–¡Todo lo contrario, amigos, todo lo contrario! ¡Ha sido muy generoso conmigo porque se ha llevado sólo la mitad, cuando podía habérselo llevado todo!

No entendí muy bien por qué mi madre y Midas encontraban el incidente divertido. Yo sentía pena del pobre Anito.

–No compadezcas a un descerebrado que deja que el amor sea más fuerte que él mismo –dijo mi madre, y me hizo prometer que no lo olvidaría jamás y no lo he olvidado.

Sólo que mi madre olvidó decirme que el amor puede también hacernos más fuertes de lo que somos.

Quizá no lo supiera.

*

Yo lo sabía. El amor había dado contenido y sentido a mi vida, aunque fuese más fácil precisar su contenido que su sentido.

Sabía lo que me había sucedido, pero no su significado. Al principio de conocernos Alcibíades y yo solíamos hablar de estos temas. Mi angustia por el sentido de la vida le enervaba.

–¡La vida *es*, sin más! –decía, y un día me regaló una sortija en la que había hecho grabar exactamente estas palabras.

Siempre la llevo y la miro cuando estoy haciendo algo aburrido o sin interés; así encuentro algún consuelo.

El sentido de la vida no va más allá de la vida misma.

–Lo mismo dice un perro que ladra o una oveja que hace «beee» –protestó Midas sin inmutarse. Yo me reía y Midas continuó–: Cuando decimos «te quiero» no queremos decir sólo aquí y ahora. Queremos decir mañana y pasado mañana. ¡Y esto también es válido para tu joven! De lo contrario, sería mejor que ladrase en lugar de hablar.

Alcibíades no se molestó:

–Tu maestro necesita tener sombras para ocultarse –dijo.

Midas suspiró sin agregar nada más. Los dos sabían que el problema era otro: que Alcibíades no sabía qué hacer con su vida y esa era su desgracia.

¿«Desgracia» he dicho?

–Lo tiene todo. Es atractivo, inteligente, rico, valiente. Ha roto los vínculos de la tradición así, sin más, sin que los lazos con el futuro estén listos. En otras palabras, no sabe lo que quiere puesto que no sabe lo que ha de suceder y, en consecuencia, piensa que lo que quiere hacer es lo que ha de ser –dijo Midas.

–¡Absurdos!

–En absoluto –continuó Midas–. En este caso se trata de auténticas contradicciones. ¿Comprendes la diferencia? –me preguntó.

No quería ser menos que él en sofismas y respondí en el acto:

–Entiendo la diferencia entre una contradicción y un absurdo, y aquí tenemos una absurda contradicción, es decir, una contradicción que tiene validez en sí misma, pero no en relación con la persona de la que estamos hablando.

Me miró con ojos muy abiertos y soltó la mayor carcajada de su vida. Me di cuenta de que estaba contento conmigo.

–Lo único que me interesa es si seré feliz con él –balbuceé, dejando a un lado la retórica.

Sin embargo, Midas siguió riendo.

–Vas deprisa –dijo–, pero el destino no tiene prisa.

*

Por supuesto, puede que el destino no tenga prisa, pero lo cierto es que se presenta muy temprano. Todavía no tenía diez años cuando me encontré con Alcibíades por primera vez y era más pequeña aún cuando ya había oído hablar de él.

El consejo que los maestros daban siempre a los niños pequeños era: «Presta atención a los carros, no eres Alcibíades».

El motivo era el siguiente: un día, Alcibíades y otros muchachos estaban jugando a las bolas en la calle. Cuando a Alcibíades le tocó tirar la bola, de repente apareció un carro muy cargado. Alcibíades pidió al carretero que se detuviera, pero el hombre tenía prisa por llegar al mercado e insultándolo le dijo que se quitara de en medio, y además fustigó a los caballos. Los otros niños corrieron para ponerse a salvo, pero Alcibíades no se movió. Se tumbó todo lo largo que era en medio de la calle, delante de los caballos sudorosos, que echaban espuma por la boca. Los animales se detuvieron. Cuando el carretero comenzó a proferir maldiciones, Alcibíades se levantó, parsimonioso, lanzó la bola y luego se apartó, decepcionado por el resultado.

El episodio tomó pronto proporciones míticas y la lengua viperina de Aristófanes, que envidiaba el atractivo de Alcibíades, decía que había sobornado al carretero. No era cierto.

Una vez le pregunté sobre ello y me dijo que no había ningún motivo para pagar al carretero porque los caballos nunca pisan a una persona caída, a excepción de los caballos del ejército después de un entrenamiento especial.

–¡Así que no era valentía, sino astucia! –le espeté.

–¡Te equivocas! ¡Era valentía más astucia! Es la clase de valentía que te convierte en ganador –me explicó, y me dio un mordisco en la oreja, señal de que todas las conversaciones sobraban, e inmediatamente mi cuerpo, todo mi cuerpo, comenzó a desearlo.

Y yo no era un caballo; no me detendría hasta tenerlo debajo de mí, encima de mí, dentro de mí.

En los primeros tiempos todas nuestras discrepancias acababan igual. Todos los temas, tarde o temprano, despertaban en nosotros el deseo, y el deseo nos ofrecía nuevos temas, y vuelta a empezar.

Vivíamos en una felicidad absoluta, casi cíclica. Yo no quería nada más. Sin embargo, él sí.

Yo sólo quería aquella felicidad. Pero él no sabía lo que quería, a pesar de todas las conversaciones con Sócrates y con los demás filósofos.

Alcibíades perdió demasiado pronto la capacidad de ser feliz, por eso quería probar otros caminos.

Uno de ellos lo llevó a la sencilla casita de campo en Frigia y a mí con él.

*

Un desasosiego impreciso, persistente, me previno; más o menos como cuando está a punto de venirte la purificación mensual y sientes el cuerpo alterado. Pero no sabía qué significaba aquel desasosiego, qué quería, qué debía temer y en qué podía confiar.

El viaje desde las bulliciosas calles y plazas de Atenas hasta el apartado lugar de Frigia fue largo. Por dondequiera que pasaba encontraba huellas de Alcibíades y oía hablar de sus hazañas. Siempre parecían magnificarse cuanto más lejos me encontraba.

¿Cómo era posible que inspirara tanta atracción, tanto odio, tanto miedo y tanta admiración?

Así como estaba, acostado en la cama, desnudo y desvalido, un niño hubiera podido matarlo. La gente debería ver de vez en cuando a los dioses durmiendo, eso les curaría de las enfermedades de la fe y de las epidemias del fanatismo.

Pero ¿existía algo para curar los lances del amor?

Sócrates decía que los sabios no aman el cuerpo bello sino el alma que suscita el deseo y atrae la mirada. No obstante, la mayoría de nosotros no somos sabios y, además, no podemos enamorarnos de algo que no vemos. No quiero decir que el alma no exista o que no sea inmortal, como afirman algunos.

Lo único que digo es que el alma no es visible, aunque exista. O que el alma se manifiesta a través de su prisión, el cuerpo. Vemos la prisión, pero no al prisionero. Nos enamoramos de la prisión y no sabemos nada del prisionero. Encontramos el amor cuando nos embriaga la apariencia externa del mundo. Nos enamoramos cuando nos embriaga la apariencia de alguien.

Quería tumbarme en la cama, cerrar los ojos y soñar.

Mis ensoñaciones siempre eran sencillas. Conozco a personas cuyos sueños estaban compuestos de construcciones con significado y sentido, y que se pasaban el día analizando lo que veían por las noches.

¿Tengo que confesar que nunca he comprendido estos análisis del lenguaje simbólico de los sueños con el no menos simbólico lenguaje de la vida cotidiana? Y, además, ¿qué otra cosa es un símbolo sino lo que deseamos que sea?

No me interesan mis sueños. Pero me gusta soñar. Es como hacer un breve viaje a un mundo ingrávido, sin sentido, pero con libertad absoluta.

Una vida del todo libre es una vida sin sentido. Esta es la enseñanza de mis sueños. Sólo en ellos vivo completamente libre y absolutamente sin objeto, mientras que en la realidad no sucede ni lo uno ni lo otro.

En mi vida quería un objetivo y estaba dispuesta a pagar con mi libertad.

*

Mis ensoñaciones eran sencillas: vagabundeos por lugares desconocidos, encuentros inesperados con personas que había olvidado o que quería olvidar. A menudo, soñaba que encontraba a mi padre. Unas veces me alegraba y otras no.

Mi madre mantenía siempre en secreto su nombre y yo había dejado de preguntar. Sin embargo, un día le pregunté por qué no me lo decía. Su respuesta me impresionó y no la entendí hasta mucho después.

–Hay dos formas de no olvidar a alguien. Una es hablar constantemente de esa persona. La otra es no hablar jamás. Yo prefiero la segunda –dijo.

–¿De modo que no quieres olvidarlo?

No dijo nada. Mi madre nunca respondía a dos preguntas seguidas. «No me gustan los interrogatorios», decía. Aquella conversación me enseñó a hacer las preguntas precisas, aunque el problema es que las preguntas precisas acostumbran a quedarse sin respuesta.

Así continué teniendo sueños sencillos, a pesar de que la gente que me rodeaba se quemaba e incluso de que yo me quemaba con las caricias de Roxana, que se habían hecho tan necesarias para mí como el aire que respiraba, pero que me dejaban una sensación de vacío.

¿Es que nunca nos saciamos de las caricias del amor?

No tardaría en saberlo. Muy pronto aprendería que existe un éxtasis sin palabras e incluso sin caricias.

Entretanto, maduraba lentamente rodeada de la discreción de mi madre, las creencias pitagóricas de Midas, los quiebros de la guerra y la ausencia tangible de Alcibíades.

Como he dicho, lo vi por primera vez el día que Pericles pronunció el discurso fúnebre, al que había dedicado mucho tiempo, cosa que sacaba de quicio a su joven pupilo.

–¿Por qué estás siempre taciturno? –le preguntó.

–Porque pienso en lo que he de decir a los atenienses –respondió Pericles.

–¿No sería mejor que pensases en cómo no decir nada? –dijo, impaciente, Alcibíades.

Y un visitante casual escuchó la conversación y, al poco tiempo, la conocía toda el ágora, lugar en que confluían noticias, historias y habladurías de todo el mundo.

En el ágora la realidad cambiaba su faz. Lo que uno decía, daba frutos en otro a una velocidad de vértigo. El ágora me recordaba a esos insectos que en verano se concentran en playas en las que hay algas podridas.

Me he quedado muchas veces mirándolos embobada. Vuelan todos juntos, como una nube, se posan unos sobre otros, luego, de repente, echan a volar, de nuevo, cambiando continuamente sus formaciones y todo el tiempo continúan sus fatigosos y efímeros amores con alas temblorosas.

No creo que haya existido nunca nada parecido al ágora de Atenas, ni que vuelva a existir jamás. Aunque he oído a sabios que dicen que todo se repite. No estoy de acuerdo. Lo que hace la vida tan terrible y tan absurda es que nada se repite. Todo sucede por primera y única vez.

*

Estaba sentada frente la lumbre en la modesta casa de campo en Frigia y espiaba a Alcibíades en su sueño. A nuestro alrededor, una espesa oscuridad, infranqueable.

Tenía que dormir. La guerra había durado demasiado, casi toda mi vida. La primera vez que tomó parte en una batalla era aún efebo. Ahora tenía cuarenta y cuatro años.

Durante veintiocho inviernos y veintiocho veranos se había

estado preparando para morir. Cada batalla podía ser la última. La mayoría de sus amigos e incluso muchos de sus enemigos habían muerto ya o habían caído en la guerra. Su mundo más cercano se estaba quedando vacío. A su alrededor había vacío, tanto en Atenas como en Esparta.

Veintiocho años había durado la guerra, y durante todos esos años estuve enamorada de Alcibíades, aunque ni por asomo intenté retenerlo a mi lado. Nunca utilicé ni lágrimas ni caricias –y de otros recursos no disponía.

Por otra parte, me gustaba verlo vestido con su armadura: el escudo, el casco, la espada. Me parecía inmortal.

Pero sabía que no lo era. Mis uñas dejaban arañazos en su espalda desnuda, cuánto más haría una jabalina o una espada.

Era consciente de todo ello, pero no me inquietaba. ¿Qué me cegaba? ¿Qué era lo que me impedía caer de rodillas, suplicarle que se quedara conmigo?

Posiblemente no hubiese conseguido ningún resultado, lo más probable es que no lo hubiese obtenido, pero no lo intenté jamás. ¿Por qué?

¿Acaso su fama me enorgullecía? ¿O es que creía que era su deber ir a la guerra y el mío, esperarlo?

Nunca lo hablamos. No obstante, esperaba que llegara un día en que conversáramos sobre todo esto. Veía ante mí ese día y ya lo echaba de menos. Añoraba sentarme a su lado ante el fuego, que olía a resina, y ser vieja ya, muy vieja.

Eran muchas las cosas de las que no habíamos hablado. También eran muchas aquellas de las que hablábamos casi sin interrupción, del modo en que hablan los jóvenes y los enamorados. Con las palabras elaboran una imagen mejor de sí mismos y de su amado. Acarician con las palabras cuando, por un rato, se cansan de las otras caricias.

El amor es mudo en cierto modo. Es como la flauta que detestaba Alcibíades porque le deformaba el rostro y le impedía hablar o, como decía mi amigo, el cínico sofista, «el amor no es mudo, ¡simplemente no sabe lo que dice!».

Quería entenderlo todo y me alegraba cuando conseguía entender algo, y aun era más dichosa cuando aceptaba mi propia insuficiencia y lo incomprensible de la vida.

Tenía días y noches en que la vida y yo llegábamos a ser un conjunto armónico. Despertaba por la mañana con ojos despejados, daba un paseo a orillas del Iliso, comía con apetito y después dormía y tenía sueños sencillos.

No echaba de menos nada. No quería nada.

Esta disposición de ánimo no duraba mucho. De repente me volvía a ver inmersa otra vez en el mundo de la angustia, con preguntas y respuestas. Quería saber si el amor es algo que construyes paso a paso, con paciencia y con un gran esfuerzo, o es como una casa que te aguarda ya hecha para que entres o no.

Muchos dirán que no tiene importancia. Lo mismo hubiera dicho yo en otro tiempo. Sin embargo, en la casa de campo en Frigia quería saber si nuestro amor tenía algún futuro o estaba condenado. En otras palabras, ¿nos amaríamos cada vez más o cada vez menos?

Si hubiésemos vivido una vida corriente quizás hubiera podido responder. Pero nuestra vida era cualquier cosa menos corriente. La vida corriente no era su destino. De lo contrario no habríamos dejado la viperina ágora de Atenas para terminar en la sencilla casa de campo en Frigia, donde la oscuridad pesaba como la losa de una tumba.

*

Pasó bastante tiempo desde aquel día en que me encontré por casualidad con Alcibíades en las afueras de la ciudad, aquel día en que la tormenta, también fortuita, me pareció una señal divina.

No podía hacer cosas especiales para encontrarme con él, pero hacía lo que podía. Sabía que iba al liceo o al gimnasio de Siburtio, donde se reunían los jóvenes de buena familia y se entrenaban, mientras sus diferentes amantes y admiradores los miraban llenos de orgullo, al mismo tiempo que hablaban de política y comían. Era un público enamorado y enloquecido que padecía «del mal de los cerdos» –que decía Sócrates–, porque aquellos hombres, igual que los cerdos, lo único que querían era restregarse sobre los cuerpos jóvenes.

Como era una chica no podía estar entre ellos. Sin embargo, nada me impedía trepar a un pino alto, en la colina que dominaba el liceo, o al ciprés de la puerta del gimnasio de Siburtio, más alto aún, desde donde tenía completo control de lo que sucedía en la palestra y en los baños.

Llevaba conmigo a Roxana para que me acompañara, aunque no la necesitaba. Todos los árboles de alrededor estaban ocupados por muchachas de mi edad que espiaban a hurtadillas, lo mismo que yo. Éramos una pequeña comunidad, allí en lo alto, en el aire; nos saludábamos con la mano unas a otras e intercambiábamos experiencias y cuchicheos al oído.

El ejercicio más interesante era la lucha. No había nada más hermoso que aquellos cuerpos desnudos, untados de aceite, cuerpos adolescentes, agarrados unos a otros con tanta intensidad que se diría que iban a hacerse pedazos. Viéndolos, deseaba no haber nacido mujer, aunque no tardé en cambiar de opinión.

Una tarde en que trepaba a la copa de mi pino, encontré mi sitio ocupado por una muchacha rubia de mi edad. Sabía quién era. Se trataba de la hija de Hipónico, uno de los atenienses más ricos, el primer marido de Aspasía antes de que enredara a Pericles.

Se llamaba Hipareta. Por supuesto que me enfadé mucho, aunque no podía hacer nada; el pino no era de mi propiedad, así que comencé a bajar, cuando Hipareta con una voz suave, que me sorprendió, dijo:

–Cabemos las dos.

Había algo tan amable e ingenuo en su tono que acepté. Volví a trepar y me senté a su lado. Me ofreció almendras. No hablábamos mucho. Mirábamos en silencio el espectáculo que había abajo, en la palestra, cuando, de pronto, vimos entrar a Alcibíades y me di cuenta de que Hipareta, allí a mi lado, centró en él su atención, lo mismo que yo, y comprendí que aquella muchacha rubia de voz dulce era una de mis rivales. ¡Cómo iba a saber yo hasta qué punto acertaba!

Hice como que seguía la lucha, pero en realidad miraba con el rabillo del ojo a Hipareta. Su cara cambiaba de color constantemente; de pronto estaba lívida, al instante roja. Apretaba las manos como si rezara y cerraba los ojos, como si no soportara ver.

Alcibíades tenía dificultades en la palestra. Su adversario era más corpulento y estaba bien entrenado. Alcibíades intentaba escurrirse, pero el otro lo tenía agarrado por la cintura y lo presionaba por detrás como a un arbolito.

Al mirar a Hipareta noté que estaba a punto de desmayarse, cuando de repente oímos un grito. El adversario de Alcibíades lo había soltado y se frotaba el hombro.

–¡Muerdes como una mujer, Alcibíades! –dijo, tan alto que todos lo oyeron.

–¡Muerdo, pero como un león! –respondió Alcibíades aún más fuerte.

El grupo de viejos de las gradas se echó a reír, incluso el mordido no pudo contener la risa. Golpeó amistosamente a Alcibíades en el hombro y se fueron juntos a los baños. Los vimos lavarse el uno al otro y secarse mutuamente también.

Cuando me volví de nuevo hacia Hipareta vi que estaba llorando.

–¿Qué te pasa? –le pregunté, inquieta, porque me había caído bien. No tuve respuesta–. Pero ¿qué sucede? –insistí.

–¡Estoy pensando que muchos de estos muchachos, quizá la mayoría, no llegarán a viejos!

Tenía razón. Todos los días se sabía de nuevos caídos en la guerra y no tardaría en empezar otra nueva: la guerra entre Hipareta y Timandra; entre ella y yo, a pesar de que me resultaba simpática.

¿Quién venció en aquella contienda?

La gente veía a Hipareta como vencedora, pues se casó con él, le dio dos hijos y, por tanto, en los archivos de la ciudad su nombre estará para siempre unido al de él. Pero ¿la amó alguna vez? ¿O estaba enamorado de su inmensa dote?

Durante semanas y meses Atenas no hablaba de otra cosa que de su inminente boda, pero los comentarios no eran precisamente buenos. El ágora bullía con esas habladurías. Su boda era tachada desde absurda hasta sacrílega.

Toda la historia comenzó con una apuesta. Un día Alcibíades y sus amigos estaban en el ágora hablando de política. El tema candente era qué se debía hacer con los prisioneros espartanos: matarlos, venderlos como esclavos o retenerlos como rehenes.

En un momento dado, apareció Hipónico, el padre de Hipareta. Arrastrando los pies, se dirigía al liceo a aliviar sus ojos, siempre llenos de legañas, mirando a los bellos muchachos.

Alcibíades no podía imponer su criterio en la conversación, dado que los demás lo acusaban de ser partidista, pues era cónsul de Esparta, una dignidad que había heredado de su padre y de su abuelo. Al ver a Hipónico, tuvo una de esas locas ideas suyas: ¡apostar a que lo abofetearía!

Los demás no deseaban otra cosa. Pues bien, Alcibíades detuvo a Hipónico, lo saludó respetuosamente y, de repente, le arreó una bofetada.

Hipónico se quedó de piedra. Fue a decir algo, se arrepintió y se alejó de allí con toda la rapidez que le permitían su edad y su dignidad.

Alcibíades ganó la apuesta a la vez que perdió el respeto de los atenienses, que podían perdonar una muerte a sangre fría, pero no una bofetada a un ciudadano anciano y respetable. Existían ciertos límites que Alcibíades aún no podía rebasar sin una sanción.

No quedaba otro remedio que pedir perdón. Cosa que hizo, pero de un modo tal, que los atenienses hablaron más del perdón que de la ofensa.

Al día siguiente, muy de mañana, estaba delante de la casa de Hipónico, con la cabeza gacha, esperando. A quienes le preguntaban qué hacía allí, les respondía que le quería pedir perdón. ¿Y por qué no entras?, le preguntaron. No; no era digno de poner su pie en aquella casa.

Los atenienses, siempre aficionados a los espectáculos, y curiosos, se olieron que algo se cocinaba y comenzaron a concentrarse en la esquina.

Se desconoce qué pasó por la mente de Hipónico cuando vio a toda aquella gente en la puerta de su casa. Testigos presenciales decían que se aterrorizó y se metió de nuevo dentro. Sin embargo, Alcibíades corrió y le pidió que se detuviera.

Luego, quitándose la túnica, se plantó ante él completamente desnudo. Alguien dijo después que su belleza duplicó la luz del día. Algún otro decía que era como el mismo Eros. Se hizo un absoluto silencio y todo el mundo podía oír la voz quebrada de Alcibíades que hablaba con exagerada lentitud, como todos los que tienen frenillo.

–Hipónico, me he comportado contigo de una forma muy desvergonzada y te pido perdón. Y como prueba de mi arrepentimiento te entrego mi cuerpo para que lo azotes o hagas con él lo que consideres adecuado.

Hipónico no había llegado a ser tan rico sin ojos y lengua.

–¡Alcibíades, hijo de Clinias –dijo–, yo no soy tan mezquino como para azotarte y, por desgracia, soy demasiado viejo para hacerte lo que considero adecuado!

La muchedumbre que lo rodeaba soltó una carcajada y se hicieron algunos comentarios no precisamente decorosos. Alcibíades había perdido «la batalla del perdón», como decía después, aunque Hipónico, astuto comerciante como era, no lo explotó enseguida.

Al contrario, dijo a Alcibíades que se vistiera y los dos juntos se encaminaron al ágora charlando con mucho interés.

Nadie sabe de qué se habló. En cualquier caso, es muy probable que se mencionara el nombre de Hipareta, que estaba próxima a la edad del matrimonio.

Hipareta tenía un padre. Yo no. Esta diferencia le dio la victoria en la competición por el nombre de Alcibíades. Pero la relativa a su alma y su cuerpo duraría mucho más tiempo aún; casi toda nuestra vida. Pese a ello, en cierto modo, seguimos siendo amigas desde aquel primer día que, escondidas en lo alto del pino, nos solazábamos con los cuerpos de los muchachos, bellos tanto en la lucha como en reposo.

Es extraño que aún recuerde con tanta claridad aquel día y aquel tiempo, y sienta una dolorosa añoranza de... ¿de qué?

No lo sé. Quizá de la juventud, de ser de nuevo una niña pequeña con la vida por delante, impaciente e inexperta, atrevida e ignorante. No obstante, he observado que nos engañamos. Pensamos que añoramos una determinada situación, cuando lo que en realidad añoramos es a una persona concreta.

Soñaba a menudo con un mundo en el que cada cosa está en su sitio, en contraposición al mundo real que conocía, donde nada estaba donde debía. De aquel sueño sólo hablaba con un tímido muchacho a quien, últimamente, se lo veía entre los acompañantes de Sócrates. Se llamaba Platón.

–Ese sobrevivirá –decía Alcibíades.

–¿Por qué? –le pregunté en una ocasión.

–¡Porque trabaja! Sócrates se pasa el tiempo hablando, yo hago la guerra, pero él se queda callado y toma notas. No me cae simpático, a ninguno de nosotros nos cae bien. Sin embargo, él será el que haga que el mundo nos recuerde.

–Podrías trabajar tú también –le sugerí, mezquina.

–¡La eternidad no me concierne! –me respondió.

No era verdad. Sencillamente su confianza en sí mismo era más fuerte que su indiferencia, pero la eternidad le concernía. A todos nos concierne.

*

Fue la única vez que hablé con Platón sobre aquel sueño mío en el que cada cosa estaba en su sitio. Con sorpresa, vi que se ruborizaba como una muchacha y le pregunté si había dicho algo que lo había ofendido. No respondió y volvió la cara a otra parte. Sus ojos brillaban como si estuviera a punto de llorar. Lo dejé tranquilo y así pasó un rato. Estábamos sentados en mi patio, en un banco debajo de una acacia que acababa de florecer y esparcía una suave fragancia, como mi madre cuando cruzaba una habitación.

Finalmente se volvió otra vez hacia mí.

–No sabía que las mujeres tuviesen pensamientos así –me dijo con una franqueza que me desarmó.

–¿Qué pensamientos crees que tenemos? –le pregunté rozándole suavemente la mano.

Se apartó en el acto, como si yo fuese una medusa, y de nuevo se hizo el silencio entre nosotros.

–¡Creía que las mujeres son tan felices que no piensan! –dijo al poco rato.

Me eché a reír. ¡Qué sabía un joven sobre nosotras, las mujeres! Él no se rió, solamente se inclinó y me besó las manos con labios secos.

–Existe un mundo en el que cada cosa está en su sitio –susurró como si me estuviese confesando su amor.

–¿Dónde está ese mundo? –le pregunté y le acaricié con ternura los rizos del cuello.

No tuvo tiempo de responder porque en ese momento llegó Roxana para decirme que mi madre quería hablar conmigo.

No encontramos ocasión de continuar nuestra charla y al poco tiempo Platón se marchó de viaje. Aún me pregunto qué quería decir, aunque confieso que preguntas de ese tipo ya no me preocupan.

En la sencilla casa de campo en Frigia, junto a la lumbre, me daba cuenta de que no existe ninguna evolución en nuestra vida. No nos hacemos más sabios ni mejores. Damos pasos, uno tras otro, y al final no sabemos qué hay delante y qué detrás. Nuestra madurez consiste quizás en que olvidamos nuestros errores.

Aunque puede que esté equivocada. Puede que alguna vez vivamos con transparencia y amor. Puede ser.

*

Aquel día en que Roxana interrumpió mi conversación con Platón fue la última vez que vi a mi madre viva. Creía que estaba preparada, pues en los últimos tiempos estaba muy enferma, pero su pérdida fue mucho más dolorosa para mí de lo que había imaginado, y del todo inesperada.

¿Acaso alguna vez estamos lo suficientemente preparados para la muerte?

Fui corriendo a su habitación. Estaba en la cama, pálida y sin fuerzas, aunque hermosa como siempre, y en aquel instante sentí un gran agradecimiento por ello. Mi madre se encontraría con Caronte como se había encontrado con todos los demás hombres en su vida. Le haría perder la cabeza.

Me senté en el borde de su cama aspirando su perfume, que era algo fuerte, algo dulzón, lo que me hizo pensar en la palabra «fin». Mi madre hizo un vago movimiento con la mano y Roxana salió de la habitación.

–Timandra –me dijo con esa voz suya, cariñosa–, tengo una deuda contigo. Sé muy bien el interés que tenías por conocer quién es tu padre. Sé que mirabas atentamente a todos los hombres a tu alrededor para ver quién podía ser. Sé que comparabas tus facciones con las suyas por si descubrías parecidos.

Mi corazón comenzó a latir como si estuviera asustada y empecé a sentir frío. ¿Me diría su nombre?

–¿Todavía quieres saberlo? –me preguntó tranquila, pero con una voz más débil aún.

De pronto comprendí que ya no hacía falta. Toda mi vida había estado soñando con saberlo, pero ahora ya no quería. Con un nudo en la garganta balbuceé:

–¡No quiero saber nada!

–¿Por qué? –me preguntó de nuevo.

¿Qué iba a decir? ¿Por qué no la verdad?

–Sé quién es mi madre. Con eso me basta –dije.

Sonrió.

–Nunca he sido más feliz –dijo, y se hundió en mi regazo como si su madre fuera yo.

Comencé a llorar desconsoladamente y ella aguardaba, paciente, a que se me pasara. Luego me mandó a mojarme la cara con abundante agua fría.

Cuando volví ya había muerto.

La miré con los ojos refrescados. Su semblante era sereno, los párpados estaban cerrados, las manos, con las palmas abiertas.

Me quedé a su lado toda la noche. No lloré mucho, ni pensaba en nada. Simplemente me quedé allí sentada y esperaba sentir en mi interior que su muerte era real y que aquel rostro hermoso nunca más volvería a reír.

Permanecí junto a ella hasta por la mañana, cuando el sol inundó la habitación. Un rayo cayó sobre sus labios, que se habían vuelto de un color azul oscuro.

Entonces comprendí que de verdad estaba muerta: de lo contrario enseguida se los habría pintado de rojo.

*

La lumbre casi se había apagado pero la habitación estaba caldeada, así que no eché más leña. Permanecía sentada y miraba las brasas intentando concentrarme en mis pensamientos, sin conseguirlo.

¿Cuál era el secreto de Alcibíades? Muchos lo odiaban y aún muchos más lo amaban y hacían todo lo posible por agradarle. Como aquel pequeño comerciante que vendió todas sus posesiones, consiguió dinero y fue a entregárselo.

–Estoy en venta, por supuesto –respondió Alcibíades–, pero no por esa cantidad.

Quería que lo quisieran.

–Si hubiese nacido mujer habría sido hetera –decía.

–Has nacido hombre y eres político. Es lo mismo –le dije.

–Sería filósofo si no existieran tantos «platones» –bromeó.

La tenía tomada con Platón, de quien se decía que pronto los sobrepasaría a todos, sabios, sofistas y oradores. Y Sócrates difundía por el ágora el sueño que había tenido justamente antes de encontrarse con él. Había visto un cisne, el ave sagrada, ocultarse en su regazo. A la mañana siguiente, Platón se encontraba ante su puerta con su tío.

Alcibíades tenía sus reticencias.

–Yo conozco bien a Sócrates. No le basta con ser considerado el hombre más sabio de Grecia. Ha de tener el mejor discípulo.

–Algo que quieren todos los maestros –dije.

–Puede ser. Pero Sócrates no sabe que su mejor discípulo un día lo enterrará en sus escritos.

De repente, hablaba como un viejo que veía a los jóvenes como una amenaza.

La vida nos releva a todos, sólo que Alcibíades no quería entenderlo. Como tantos otros, como tantos otros.

*

Mi madre temía a la vejez y a las enfermedades, y fueron estas precisamente las que le salieron al encuentro. Recuerdo muy bien aquella mañana que despertó con un extraño dolor en el estómago. Pensaba que tenía una indigestión, de modo que le preparamos algo caliente y se quedó en la cama.

Pero los días pasaban y el dolor no remitía. Todo lo contrario, se hacía cada vez más fuerte y la veía consumir todas sus fuerzas para no llorar como un niño pequeño. En su rostro se adivinaba una expresión permanente de dolor contenido, sus ojos tenían un brillo nuevo, de fiebre, y había perdido peso.

Naturalmente, llamamos al médico, pero no hizo nada. Luego llamamos a mujeres del pueblo que sabían de hierbas y remedios. Tampoco ellas podían hacer nada. Se limitaban a mover la cabeza y decían que ahora eran los dioses quienes tenían la palabra, un punto de vista que tomamos al pie de la letra, como, no cabe duda, era su sentido. Trasladamos a mi madre al santuario de Anfiarao, que estaba en las afueras de la ciudad.

Con cierta sorpresa constaté que todos sus admiradores, excepto Sócrates, se habían esfumado. Una mujer hermosa, una vez que dejaba de serlo, no tenía ningún valor. Comprendí que no se puede basar la vida en la belleza, mas no veía otra posibilidad. La belleza era un don y una maldición al mismo tiempo, y desde entonces no he vuelto a mirarme en el espejo con ojos inocentes.

Fuimos al santuario una tarde apacible, hacia el final del verano. Allí había otros enfermos. El ambiente estaba cargado y olía a carne quemada. Nos recibió un joven sacerdote y nos explicó lo que teníamos que hacer.

Era sencillo. Primero había que sacrificar un carnero. A continuación, el enfermo entraba en una pequeñísima cámara subterránea. Lo más importante era que tenía que dormir sobre la piel del carnero sacrificado. El dios se le aparecería entonces en el sueño y le diría cuál sería su futuro y si recobraría la salud o no.

Sacrificamos el carnero y de sus testículos nos llegó un olor acre, que hizo que mi madre disimulara una sonrisa. Después entró en la estancia subterránea en donde pasaría la noche.

Yo no podía conciliar el sueño. Todo el tiempo pensaba en mi madre; pensaba en Alcibíades, que, una vez más, estaba ausente, en una campaña militar. El olor a carne quemada me ponía los nervios de punta. Daba vueltas en mi improvisada cama, hasta que, al fin, llegó Roxana y se acostó a mi lado. La recibí como quien se está ahogando y se aferra a la cuerda que le tiran desde la costa.

–¡Ay! –suspiró Roxana, poco después–. Aquel carnero por poco me destruye.

No era sólo el carnero. Era sobre todo la sensación de muerte a nuestro alrededor.

Por fin amaneció, una hermosa mañana. Mi madre fue de las primeras en salir del «mundo subterráneo» e inmediatamente le pregunté qué le había dicho el dios. Me miró con sus grandes ojos, que ahora eran aún más grandes a causa de la enfermedad.

–No es posible dormir cuando estás esperando a un dios –me respondió.

¿Decía la verdad? ¿Había dormido o no? ¿Quizá sabía que iba a morir y no quería asustarme?

No podía saberlo, ni tenía la menor importancia. Fuese como fuese, no podía hacer nada. Probablemente, ni siquiera el dios podía actuar. Los dioses eran como el número más grande del mundo que me fascinaba cuando era pequeña. Te reconfortaba pensar en él, con independencia de si existía o no.

*

Qué lejana me parecía aquella noche a las puertas del santuario de Anfiarao. Y qué diferente de aquella de Frigia, en la sencilla casa de campo, tan pequeña que parecía como si se comprimiera en su propio volumen, igual que los rebaños en invierno.

Me dirigí a la ventana. Soplaba un viento frío del este que había despejado algo el cielo y se veía la Osa Mayor.

Midas me había contado su historia. No recuerdo todos los detalles. Era una historia de amor o, mejor dicho, una historia sobre los efectos nocivos del amor. Calistó era una ninfa del cortejo de la diosa virgen Ártemis. Pero había roto su juramento de no conocer el amor. Ártemis se enfureció y la transformó en osa.

–El amor nos transforma –apostilló Midas, como una nota a pie de página.

La osa vagaba sola por los inhóspitos bosques de Arcadia infundiendo miedo y pavor en todos. Muchos intentaron matarla sin conseguirlo.

Así transcurrieron quince años.

Un día, apareció un nuevo cazador muy joven y diestro. Era hijo de la metamorfoseada Calistó, fruto de la única noche de amor de su vida.

El cazador se encontró con la osa un atardecer, cuando el sol comenzaba a ponerse.

En el preciso instante en que se disponía a lanzar su puntiaguda jabalina, cayó el sol y la osa voló por los aires cada vez más alto, hasta que llegó al techo del cielo y se transformó en un astro brillante.

–¡El amor nos transforma! ¡Eso es todo! –había dicho Midas, que no creía en tales mitos, aunque al mismo tiempo los adoraba–. Hacen que el mundo resulte más familiar, o al menos más comprensible –decía.

Estaba de pie en la ventana y pensaba en Calistó, cuando de repente oí una especie de silbido, y unas flechas se clavaron a menos de una centésima de mi cabeza. Di un salto hacia el centro de la habitación con el corazón en la boca.

La cosa era ya evidente. Quienes nos acechaban allí fuera no eran amigos. Con cautela, me acerqué de nuevo a la ventana. La Osa Mayor ya no se veía. Una nube negra se había interpuesto entre ella y yo. Decepcionada, di un paso atrás, me eché un chal sobre los hombros y decidí hacer lo único que podía: esperar a que amaneciera.

De vez en cuando, miraba a Alcibíades, como los marineros miran el faro en una noche oscura y difícil.

Ahora dormía más tranquilo, con la boca entreabierta y la respiración ligera. Me invadió una gran ternura, me acerqué a él y le acaricié los cabellos con los labios. No quería despertarlo y no se despertó, pero movía la cabeza como si quisiera apartar una mosca.

«¿Adónde va el amor cuando dormimos?», me preguntaba cuando era pequeña. Todas las noches intentaba ver a Alcibíades en mis sueños pero no lo conseguía. Soñaba con un montón de cosas. Con él, no... Me preocupaba. A pesar de que estaba enamorada y dormía bien, seguía con mis ensoñaciones sencillas.

¿Estaba enamorada todavía? No podría asegurarlo. Lo único que sabía era que no podía dormir, que estaba sentada delante de la lumbre casi apagada, en una pobre casita en Frigia, adonde me había conducido el amor o su recuerdo. Pensándolo bien, era más afortunada que Calistó. Ella había viajado hasta un lugar más lejano que yo, hasta el cielo.

*

No había cumplido dieciséis años cuando mi madre murió. Hasta entonces, había llevado una vida que las demás muchachas no podían ni soñar. Tenía libertad y amor, por lo que se refería a mi madre, y con Roxana habíamos hecho incursiones en los bosquecillos del placer.

En un solo día la muerte de mi madre cambió mi vida. El vacío que dejaba tras de sí sólo yo podía llenarlo. Estaba obligada a ocupar su sitio, era lo único que me había pedido y lo único que me permitiría seguir con la vida que conocía.

No podía ser otra cosa que hetera, algo en lo que era fácil convertirse, lo difícil era serlo de verdad. Pero otras posibilidades, no tenía. No era como Alcibíades, a quien siempre se le presentaban más posibilidades de las que le hubiera dado tiempo a desarrollar.

Alcibíades se quejaba de que el azar jugaba un papel desmesurado en su vida. Por el contrario, yo, si de algo tuviera que quejarme, sería de que siempre me llegó lo inevitable antes de tiempo.

Éramos afortunados por haber nacido libres, pero esto no significaba que estuviéramos obligados a ponerlo a prueba cada día.

Aunque a él no le bastaba con la libertad de poder hacer lo que quisiera; además tenía que hacerlo. ¿Por qué si no se implicó en la caótica y mezquina vida política de la ciudad? ¿Por qué se casó con una mujer que no amaba? ¿Por qué hacía todo cuanto los atenienses ni siquiera esperaban de él, pese a que a menudo hiciera exactamente lo contrario?

Luchaba contra su libertad como otros luchan contra su esclavitud. He aquí un absurdo más. No se podía pensar en Alcibíades sin caer en absurdos y contradicciones.

¿Es que acaso se nos puede imputar lo mismo a todos nosotros?

Alguna conclusión se podría sacar de esto. Pero ¿cuál?

Mi amigo Teodoro, el matemático, tenía un dicho: «La fe es imposible; la esperanza, difícil. Nuestra vida transcurre entre lo imposible y lo difícil».

En consecuencia, algunos habían sacado la conclusión de que la vida no merece la pena, un punto de vista que nunca compartí. Si la vida no me hubiese dado más que ese instante frente a la chimenea, mientras el hombre que amaba dormía un poco más allá, aun así, habría votado de nuevo por la vida.

Ni siquiera me había dado tiempo a completar un pensamiento, y de repente quería hacer el amor; de pronto sentí mi cuerpo grávido a causa de la promesa del placer. Me reprimí. Dejaría dormir a Alcibíades. Lo dejaría soñar.

Bastante nos entorpecemos los unos a los otros, de una u otra forma. A veces nos convertimos en un obstáculo para el otro, en todo excepto en la muerte.

La noche se hizo aún más fría. Tenía que traer un poco de leña o, de lo contrario, irme a la cama. Opté por lo primero.

Abrí la puerta con cuidado. Chirrió un poco. El frío me sorprendió. Era húmedo e intenso, nada que ver con el del Ática. «Aquí el frío corta», pensé.

Caminé a gatas para que no me vieran. Por doquier, quietud; no se oía nada y la noche era verdaderamente «intensa». No había otra palabra. Me dio risa. Yo, Timandra, la amante de Alcibíades, al que amaban, odiaban y temían en dos continentes, buscaba leña a cuatro patas como un conejo.

Así es la vida, todo llega en su momento y todos tenemos nuestra hora. Basta con esperar.

Pero nosotros no necesitábamos esperar. Nuestra hora había llegado.

A tientas, con los dedos helados, recogí un poco de leña y regresé. Me pareció oír voces de hombres, pero quizá fuera mi imaginación.

Los leños no prendían porque estaban húmedos. Mientras me afanaba en encender el fuego, comprendí que había tomado una decisión. Lo digo así porque en realidad no había sido consciente hasta ese momento.

Mi decisión tenía que ver con mi hija.

*

No era nada importante. Sencillamente había decidido decirle quién era su padre. Sólo tenía que volver a verla, cosa que no parecía muy probable.

Ya desde pequeñita, cuando no sabía decir más que tres o cuatro palabras, me lo había preguntado cientos de veces. Lo cierto es que la palabra «padre» se le había pegado al oído, aunque había ordenado expresamente a los criados que no la emplearan. Y aun así, en cuanto veía a un hombre lo señalaba con el dedo y me preguntaba sonriendo, expectante: «¿Padre?».

Así era yo a su edad, me habían dicho. Y, sin embargo, me comporté como mi madre se había comportado conmigo. Al principio, en lugar de darle una respuesta sincera, hablaba en broma. Luego tejí un misterio en torno al tema con la habilidad y la paciencia de la araña.

Lo extraño es que no sabía por qué lo mantenía en secreto, y he llegado a preguntarme si mi madre, en su caso, lo supo. Por supuesto que podría argüir ciertas razones, pero estoy segura de que ninguna de ellas jugaba un papel decisivo.

¡Venganza, tal vez! Especialmente dado que mi hija, a medida que se hacía mayor, era cada vez más atractiva. Quería privar a su padre de aquella alegría, de aquella profunda satisfacción que conmueve las entrañas; impedirle que la viera como una prolongación de sí mismo. Quería privarlo del espejo que nos ofrece un hijo.

Aunque quizás era otra cosa; una necesidad de independencia frente a él y tal vez frente a mi propia hija. ¿Qué deseaba con más fuerza? ¿Privar al padre de la hija o a la hija del padre?

No lo sé. Lo único que sé es que la verdadera respuesta estaba escondida tan dentro de mí que ni siquiera me atrevía a buscarla.

¡Cuántas veces he pensado en la máxima de Delfos, «Conócete a ti mismo», que Sócrates consideraba su pan de cada día! Pero no es posible que te conozcas a ti mismo. El ser humano es como un río que arrastra lo que encuentra a su paso, y unas cosas resultan ser barro y otras, diamantes. Somos lo que somos no sólo porque hemos hecho lo que hemos hecho, sino también por lo que no hicimos. Algunas personas son como ríos caudalosos de aguas limpias que nos obsequian con vegetación y frescor, y otras son como torrentes, secos en verano, cuando más los necesitas.

El «Conócete a ti mismo» era imposible; tan imposible como el «No te conozcas a ti mismo». Nadie es absolutamente inocente ni absolutamente culpable. Nos movemos más o menos entre los dos extremos, pensamos y vivimos.

No sé por qué no le dije la verdad a mi hija. Hice lo mismo que había hecho mi madre. De pequeña, mi hija me recordaba a mí misma. Con el tiempo iba pareciéndose más a mi madre que a mí. ¿A quién se parecerá cuando sea mayor?

En cualquier caso, era una muchacha hermosa e inteligente que terminó por aburrirse de preguntar ante la falta de respuesta y empezó a responderse a sí misma. Generalmente no preguntaba «¿quién es mi padre?», sino «¿dónde está mi padre?».

Y así una vez la oí decir que su padre estaba en Asia y luchaba.

¡No sabía qué razón tenía! Porque realmente eso hacía. Estaba combatiendo cuando la llevaba en mi vientre; estaba combatiendo cuando nació; estaba combatiendo cuando crecía, y la guerra nos había traído a él y a mí a esta sencilla casa de campo en Frigia, donde entre otras cosas, la preocupación por mi hija no me dejaba dormir.

*

Pero ahora lo había decidido. Mi hija y su padre conocerían la verdad. En cuanto despertara se lo diría, y ya empezaba a divertirme con la sorpresa que iba a darle.

Es evidente, imagino, que no lo amaba sin control, porque de ser así me hubiera arruinado la vida. A un hombre como él estás obligada a amarlo con un punto de lógica, por más extraño que parezca. Mi madre decía que debemos beber el amor de nuestra palma de la mano, no de la tinaja.

La única forma de retenerlo a mi lado era amarlo con sensatez. Hipareta no lo consiguió y por eso lo perdió.

A primera vista, su matrimonio tenía las mejores condiciones. Los dos eran atractivos, ricos y estaban enamorados. Para Hipareta aquel amor era el único de su vida. Pero para el padre de mi hija era uno de tantos.

Casi siempre estaba enamorado. ¿Amó, sin embargo, alguna vez?

Muchas veces me he preguntado cuál es la diferencia entre el enamoramiento y el amor, si es que realmente existe alguna. Muchos dicen que no hay ninguna diferencia, otros, en cambio, que el amor es la evolución feliz del enamoramiento, pero el padre de mi hija tenía su propia teoría.

Afirmaba que el enamoramiento es con relación al amor como el fruto respecto del árbol. El amor es lo que tenemos dentro de nosotros, el enamoramiento es lo que queremos y podemos dar. «Todo lo demás son convencionalismos éticos y ataduras», decía. Esta teoría se podría rechazar con cierta facilidad, y muchos lo hacían, sobre todo Sócrates, quien le decía que no debía hablar de lo que no sabía.

Pero yo no podía rechazar su teoría, por más que de forma abierta nunca estuve de acuerdo con él, sencillamente porque tenía mis propias experiencias. Me había entregado a las caricias de Roxana sin estar enamorada y esas caricias me habían hecho amarla. Y la cosa se hizo aún más compleja cuando al poco tiempo descubrí que me gustaba dar y recibir placer sexual no sólo sin estar enamorada o sin amar, sino también cuando estaba enamorada de otro. No ocultaré la sensación de que algo faltaba en esos momentos de erotismo sin amor, algo así como un himno, el canto al amor, eso que otorga una embriagadora dimensión de eternidad a lo más efímero de todo, el deseo erótico.

Aunque pienso que todas estas comparaciones nos confunden más que nos ayudan. Comparamos el enamoramiento con la embriaguez y la consecuencia es que pensamos que estamos enamorados cada vez que nos embriagamos. Pero no es así. La sensación de la que hablo no es embriaguez sino lucidez.

Al menos, así me parecían los momentos de pasión con el padre de mi hija. La luz del mundo adquiría mayor intensidad, los objetos perdían sus sombras, las caricias eran penetrantes como cuchillos, dejaban en mi cuerpo señales indelebles y todo esto en medio de un placer luminoso, diáfano, claro.

Sólo una persona, además de él, me produjo esa sensación: una cantante, hace ya mucho tiempo. La había hecho venir a mi casa con motivo de una cena con unos cuantos amigos. El padre de mi hija estaba ausente, en la guerra. Cuando los demás se marcharon, la cantante se quedó conmigo como si hubiésemos acordado un pacto secreto, a pesar de que en realidad no nos conocíamos muy bien.

La noche era cálida y serena. Estábamos sentadas una frente a la otra, en silencio, sin más pretensión que la de estar así, la una frente a la otra, como estábamos.

Pasó un buen rato en la misma situación, cuando, de repente, aunque no de forma imprevisible, ella empezó a tararear una melodía y el silencio se hizo aún más intenso a nuestro alrededor.

Poco a poco, su canción iba creciendo del mismo modo que un pequeño manantial se convierte en un río, y el río, en mar. Había escuchado aquella melodía en alguna ocasión, y sin embargo me parecía estar oyéndola por primera vez, y era como si la viera nacer desde su interior.

Su voz terminó convirtiéndose en una tentación irrefrenable. Tenía que tocar la fuente de aquella voz atormentada, profunda, portadora de victoria, y me senté a su lado y le cogí la mano.

Lo que sucedió después no me había ocurrido nunca y es la más auténtica descripción de eso que llamo el canto al amor. Porque en sus manos, en sus delicados dedos y en su palma, palpaba la canción.

Jamás me he sentido tan cerca de una persona, con la única excepción de mi hija, porque ella es la canción de mi carne, el tono más elevado de mi cuerpo. Y allí, junto a la cantante, me quedé dormida, completamente exhausta, tan exhausta como cuando di a luz a mi hija.

Dormí sin soñar nada, y cuando desperté, pasada más o menos una hora, la cantante se había marchado. Su canción seguía sonando dentro de mí. No, no sonaba; vivía dentro de mí de forma aún más completa; penetraba en todos mis sentidos como una lluvia fuerte, continua.

Me sentía absolutamente feliz y me entristece no habérselo dicho nunca.

*

En el amor, en cierto modo, he sido afortunada. Era una hetera, y nadie esperaba que una relación conmigo fuese algo más que pasajera. Así que era libre de dar y recibir placer sexual sin que mediaran sentimientos ni culpabilidades. Nunca supuse que el padre de mi hija iba a casarse conmigo. Otros hombres estaban dispuestos a hacerlo, pero yo no quería.

¿No es extraño que desde el instante en que he desvelado que Alcibíades es el padre de mi hija no pierdo ocasión de decirlo? Tengo que dejar de hacerlo antes de que se me convierta en un hábito.

Esto ha sido un paréntesis. Decía que en el amor he sido afortunada, era libre de amar a quien quisiera y no quería vivir de otro modo. Cuando Alcibíades desposó a Hipareta ni me sentí defraudada ni le cerré mi puerta. Todo lo contrario. La mayoría de las noches las pasaba conmigo y al canto al amor se sumó el dulce placer de sentirme superior frente a la esposa, cosa necia e innecesaria, como muy pronto me demostró él.

–Terminarás por amar más tu propia venganza que a mi persona –me dijo una vez abriéndome los ojos, y comprendí que tenía que liberarme a mí misma de la amargura de la amante.

Fue entonces cuando dejé de protegerme. Dejé de tomar hierbas y abandoné las volteretas, que eran los anticonceptivos más testados.

Alcibíades no se dio cuenta de nada.

¿No es extraño que en nombre del amor nos volvamos cicateros, ladinos, taimados, calculadores? ¿Y que además estemos dispuestos a justificar estas actitudes con un montón de argumentos? La guerra del amor es la única guerra en la que todo está permitido. Lo que somos capaces de hacer para conquistar, para retener a quien amamos hace que el Caballo de Troya parezca una fantasía de niños.

¿Se conquista el amor? Y si se conquista, ¿cómo se retiene para siempre?

Esta pregunta tenía ocupados a los mejores cerebros de Atenas. Filósofos, poetas, oradores, se reunían en diferentes casas y debatían noches enteras sobre el amor y sus secuelas. Analizaban poemas antiguos y tragedias y miraban con lupa a Homero, tratando de descubrir qué es, en definitiva, el amor.

Recuerdo en especial un banquete al que no había sido invitada, pero al que Alcibíades me llevó casi a la fuerza, únicamente para exasperar a los demás, la mayoría de los cuales lo amaban aún o lo habían amado.

El primero, y el mejor, Aristófanes, de morros, como siempre, y haciendo comentarios viperinos, que daban en el blanco como un arquero persa. No perdía ocasión de ridiculizar a Alcibíades, su forma de hablar y de andar, y hacía todo eso para que la gente no se diera cuenta de lo enamorado que estaba de él. Y quizás engañaba a algunos, pero a mí no.

Luego teníamos al famoso médico, cuyo nombre desgraciadamente he olvidado. Siempre recomendaba largos paseos, y era evidente que vivía como enseñaba, porque estaba flaco como una cabra salvaje.

También el adinerado Pausanias, que por lo general no hablaba mucho, excepto cuando se trataba de convencer a un joven para que compartiera su cama. Y por supuesto, Sócrates, el único de los admiradores de Alcibíades que me decía una palabra amable y alababa mi belleza. Lo hacía sentirse joven, decía.

A sus pies, el joven Platón, reservado y tímido, que daba la impresión de que lo memorizaba todo, aunque de cuando en cuando, casi a hurtadillas, volvía los ojos hacia donde estaba yo.

La mayoría de ellos habían comenzado a beber el día anterior, porque celebraban la victoria del anfitrión en las competiciones teatrales. Estaban cansados y les dolía la cabeza, así que decidieron no seguir bebiendo y, a cambio, debatir sobre el amor. Cada uno de ellos estaba obligado a hacer una breve exposición.

En aquella velada me convencí de que los hombres no saben nada del amor.

*

Eso sí, por supuesto, todos tenían importantes teorías y argumentos, y eran buenos oradores, excepto Aristófanes, al que le había dado un terrible hipo y se interrumpía continuamente, y buscaba las palabras como esas pobres mujeres que buscan plata en los alrededores de las minas del Laurión.

Uno decía que Eros es el dios más joven y más hermoso. Otro que, por el contrario, era el más viejo. Algunos afirmaban que amamos los cuerpos bellos, y otros, que el alma bella.

Todo esto era bonito e interesante, aunque yo tenía la sensación de que hablaban de otra cosa, no del amor tal y como yo lo conocía. Intentaban encuadrar al amor en un sistema, acotarlo.

Para ellos el amor no siempre era bien recibido porque podía llevarte a entrar en conflicto con los intereses de la ciudad, digamos, o con otros intereses.

El amor era una suerte de felicidad, pero no la felicidad. Podrían vivir sin amor, pero no podrían vivir sin fama o sin libertad.

¡Qué ajeno me resultaba todo aquello! Yo podría vivir sin fama y sin libertad. Sin amor, no. Si les hubiera dicho algo así se habrían muerto de risa.

Así que cuando me tocó el turno de hablar, no lo hice. Entonces comprendí que para hablar del amor tienes que creer necesariamente que es otra cosa distinta de lo que es.

Sentada entre aquellos hombres inteligentes y cultos pensaba en Midas, mi maestro de Lidia. Él me habría entendido, porque él sabía que el silencio no siempre es ignorancia.

Así que cuando me tocó el turno de hablar, callé.

Quizá debería haber hablado.

Pero, entretanto, todos se habían emborrachado, a pesar de sus pretenciosas promesas de que no beberían. El hipo de Aristófanes había adquirido proporciones legendarias. Sócrates era el único que no estaba ebrio porque no podía emborracharse, aunque quisiera. El padre de mi hija le hacía ojitos a uno de los jóvenes de Pausanias. Los demás se habían dormido, excepto Platón, que seguía en pie, como si quisiera demostrar algo.

–No voy a pronunciar un discurso –dije–, pero voy a aportar algo diferente.

Envié a casa a mi esclavo y volvió con una flautista y una joven pareja de bailarines de Lidia.

A una señal, comenzaron su exhibición. El sonido de la flauta se esparció por la estancia, como se esparce el aroma a tierra mojada por los campos después de un aguacero. Los bailarines dieron sus primeros pasos. Se interrumpieron los discursos, y hasta a Aristófanes se le cortó el hipo. Los que estaban dormidos se despertaron.

Los bailarines eran jóvenes muy bellos. La muchacha tenía una larga melena negra que le caía por la espalda. Sus facciones eran suaves, pero tampoco indefinidas. Sus ojos eran redondos y profundos, y en sus labios se dibujaba una tímida sonrisa.

El chico tenía su misma edad, más o menos, pero el baile había fortalecido su cuerpo. Su rostro era como un espejo de su alma.

Notamos cómo el deseo nacía entre ellos. Podíamos seguir cada paso. En un principio unieron sus manos, luego acercaron más sus cuerpos, los senos turgentes de ella rozaron ligeramente el torso del muchacho.

Él bailaba a su alrededor, le cortaba el camino de retirada, reducía su espacio, hasta que al final no tuvo otro lugar donde ocultarse que en su regazo, el más antiguo puerto del mundo.

Los hombres que tenía a mi alrededor me sorprendieron. Comenzaron a aplaudir y a silbar. Se diría que estaban presenciando una lucha de codornices. Entonces, hice el segundo descubrimiento de aquella noche. Los había malinterpretado. Algo sabían del amor, pero lo que sabían estaba equivocado.

Para ellos el amor era una competición. En sus vidas todo era una competición.

Desde entonces tengo dentro cierta pena, cierta melancolía que no puedo describir, aunque sé a qué se debe. Vivimos una vida equivocada, pero ¿cómo decirlo?

*

La guerra, la mayor de las competiciones de los hombres, nos había conducido aquí, a esta aldea sin nombre de Frigia.

¿Cómo escaparíamos de este lugar?

Había comenzado a llover. Oía las gotas en el techo de caña y quería salir al exterior, pasear por el bosque perfumado en la noche.

Pero tenía miedo. Temía a quienes nos acechaban allí fuera, así que no podía hacer otra cosa que esperar. Alcibíades seguía durmiendo. Ojalá hubiese dormido un poco más en su vida. Quizá no habríamos llegado hasta aquí.

La guerra había dirigido su vida, y todo había comenzado por una insensatez, un hecho absolutamente estúpido, cuando tenía veintitrés años. Hasta entonces, había vivido más o menos como todos los demás varones atenienses ricos, atractivos e inteligentes. Estudiaba, cumplía con su deber en la ciudad, pasaba las noches con mujeres o con hombres. En una palabra, una vida normal. Una mañana su destino cambió y me pregunto si él lo supo.

Me había contado la historia muchas veces, y los detalles no eran siempre los mismos, pero, en líneas generales, el hecho fue el siguiente:

Había pasado la noche con uno de sus más fieles admiradores. Se despertaron tarde, y Alcibíades tenía prisa por asistir a una pelea de codornices. Por suerte tenía el ave consigo, así que se la metió debajo de la túnica y echó a correr para llegar a tiempo.

Al pasar por el ágora vio un corrillo de gente. La curiosidad no le permitió seguir su camino y se detuvo para enterarse qué se traían entre manos. Resultó que se estaba haciendo una colecta para sufragar los gastos de la guerra.

Donó todo lo que llevaba encima, y la gente, al ver su buena disposición, comenzó a aplaudir y a pedirle a gritos que pronunciara un discurso. Él tenía prisa, pero no acababa de irse, y en medio de todo ese alboroto se le escapó la codorniz.

Acto seguido, todos empezaron a perseguirla. El ave estaba especialmente bien adiestrada y presentó una dura batalla, saltando aquí y allá, atacando con el pico y con las garras, hasta que un gracioso gritó que era más fácil coger al dueño del pájaro que el pájaro del dueño. Por supuesto, todos prorrumpieron en carcajadas, dado el doble sentido del chiste.

Alcibíades no se inmutó. Por otra parte, jamás se inmutaba, y al momento replicó que quien cogiera el pájaro tendría derecho a probarlo, y, claro está, todos se mataron persiguiendo la codorniz.

Quien, al fin, consiguió cogerla fue el que más tarde se convertiría en uno de sus mejores amigos, y que arruinaría su vida sin pretenderlo. Era Antíoco, el temerario capitán de su trirreme.

Al poco rato, Alcibíades siguió su camino con la codorniz en el regazo. Sin embargo, había conocido algo que nunca antes había probado: la embriaguez del poder. Durante unos minutos tuvo a toda aquella gente en sus manos.

–El que todos te quieran es el veneno más peligroso –decía más tarde–, desde que lo he probado no puedo vivir sin él.

Eso decía y, sin saberlo, daba a entender que, de la misma forma, había dejado el amor tras de sí. Que te amen todos es idéntico a que no te ame nadie. Cualquier hetera podría decirlo. Aunque dudo si cambiaría algo, dado que creía que no sólo todos lo amaban, sino también que tenían la obligación de hacerlo.

Consagraría su vida entera a demostrarlo.

*

Sé que hay una pregunta que debería haber contestado hace tiempo y la he rehuido o por pereza o porque no me tomaba a mí misma demasiado en serio.

La pregunta es: ¿por qué seguí amándolo?

Primero, se casó con otra. Segundo, nos engañaba a las dos todas las veces que podía, con hombres y con mujeres. Tercero, tenía la vista puesta en su gloria futura, de tal modo que, cuando lo miraba a los ojos, pensaba que estaba viendo su estatua dentro de ellos.

Sin embargo, seguí amándolo, y mi amor crecía cada día. ¿Por qué? Quisiera tener una respuesta, pero no la tengo. Sólo sabía una cosa, y la supe desde el principio: que jamás volvería a amar así.

Él se convirtió de alguna forma en mi destino, se lo permití y encontraba satisfacción y fuerza en ello. Cuanto más me ataba a él, más libre me sentía con los demás, incluso conmigo misma.

En la entrega sin condiciones había una particular libertad, y dejar de amarlo, al final, se convirtió en sinónimo de dejar de amarme a mí misma.

A menudo pasaba el día tramando mezquinos planes de venganza, aunque, finalmente, me obligaba a mí misma a olvidarlos. Me encontraba ante un río caudaloso y no tenía más que dos alternativas: o dejar que se convirtiera en una barrera infranqueable, o convertirlo en parte de mi vida.

Decidí lo segundo porque el río me arrastraba y la orilla de enfrente me atraía aún más.

En una palabra, seguí amando a Alcibíades porque no podía hacer otra cosa. Eso era lo que quise decir aquella noche en el banquete, pero estaba segura de que no me comprenderían. Para los hombres todo era posible. Para mí, sólo una cosa.

Estoy hablando mucho y, sin embargo, nada se hace más claro. Mi vida sigue en la penumbra, como la habitación en la sencilla casita de campo de Frigia.

Llovía y oía la lluvia suave en el techo. Habría querido salir fuera, al bosque, sentarme bajo un árbol alto y cantar con todas mis fuerzas.

Habría sido un consuelo.

*

Había momentos en que todo me parecía un misterio, y otros, en cambio, en que todo era sencillo. Ni lo uno ni lo otro me satisfacían. No podía vivir ni con enigmas ni con tautologías, porque lo que más temía era el aburrimiento, y quizá por ello no podía imaginar mi vida sin el padre de mi hija. Tenía todos los defectos del mundo, pero aburrido no era.

En eso se parecía al mar. Sabía que tarde o temprano haría esta comparación, aunque había decidido evitarla. Pero no es posible, como no es posible hundir el corcho.

¡Ah, cuánto echaba de menos el mar, allí donde estaba encerrada, en aquella modesta casa! Pocas cosas tienen por sí mismas tanto poder como para invadir tu mente cuando menos te lo esperas. El mar es una de ellas.

Me había pasado muchas veces que me despertaba en plena noche y lo primero que me venía a la mente era el mar, cosa que siempre me hacía sonreír sin saber por qué.

Aunque sí lo sé. La primera vez que hice el amor con Alcibíades fue en una barca. No voy a entrar en detalles, no por gazmoñería, sino porque sobran los detalles. Las mujeres saben bien lo que quiero decir. Al menos eso espero.

No; no había detalles. Únicamente el sol sobre nosotros, el mar a nuestro alrededor. Me sentía como si fuera otra persona, tenía una intensa sensación de irrealidad, que, al mismo tiempo, era la única realidad vital, la única ineludible realidad.

No era placer carnal, era plenitud de la carne. Mi cuerpo era como el arco de la leyenda. Solamente un hombre tenía la fuerza para tensarlo y lo había encontrado. El mar que nos rodeaba era como si impusiese su ritmo a nuestros cuerpos. Éramos infatigables y eternos.

Sé que algunos se ríen cuando oyen cosas así; mueven la cabeza diciendo que no es más que metafísica de mujeres. No tengo intención de convencerlos de otra cosa, lo único que sé es que quienes eso dicen no han encontrado a la persona que tense su arco, o ni siquiera tienen arco.

Una vez más, tenía ante mí una paradoja. El acto más carnal y más profundamente corporal parece irreal, nos saca de nuestro cuerpo y nos transporta a otro lugar. Eso mismo experimenté también cuando nació mi hija.

La lluvia había cesado y me sentí más sola que antes. No me había dado cuenta de hasta qué punto la lluvia era un alivio para mí, cuánto me tranquilizaba escucharla. Debería haberle estado más agradecida, en vez de pensar en el mar. Debería haber aguzado mis sentidos. Debería haberla memorizado, como memorizaba los poemas de Safo.

Piensa en cerrar los ojos y recordar una lluvia con todo detalle, los diferentes sonidos que produce cuando golpea en el techo, cuando cae en los árboles, en los ríos. Piensa que tienes dentro de la cabeza una intensa, serena lluvia.

No; no estamos hechos para las cosas importantes. Recordamos la injusticia más insignificante, pero no la lluvia. Nos explotamos a nosotros mismos, no sabemos sacarnos partido.

Deseaba que volviera a llover. Deseaba ser otra.

Recuerdo, sin embargo, que no llovió más. Sé que no me convertí en otra. Deseo hablar simple y llanamente. Deseo no llorar. Pero estoy llorando.

*

Nunca en mi vida he llorado de alegría o de dolor. Por lo general lloraba de desencanto, cuando algo que esperaba que sucediera, no sucedía, o cuando algo que no esperaba, sucedía.

Es evidente, por tanto, que he llorado muchas veces, porque el desencanto es el hecho más frecuente en la vida. Mi madre me decía que con tantas lágrimas tenía que ser «hidrocéfala» y le preocupaba mi futuro.

–Las lágrimas son el vino de los débiles –decía, entrando y saliendo de su habitación, ya que generalmente era allí adonde iba yo a llorar.

No podía hacerle comprender que estaba equivocada. Sin embargo, me había empeñado en dejar de llorar y no había tardado en conseguirlo. Se me secó la «hidrocefalia», transformé mis desencantos en triunfos. Comencé a mentirme a mí misma.

En una palabra, comencé a hacerme mayor.

–Tienes que ser fuerte. Tienes que dominarte a ti misma –decía mi madre.

Y me hice fuerte. Aprendí a dominarme a mí misma. Por eso jamás empleé ninguna treta para amarrar a Alcibíades a mí, a pesar de que era lo que deseaba por encima de todo. Lo dejé moverse por donde quisiera, y siempre lo recibía bien, de dondequiera que regresara. Algunas veces fui a buscarlo, pero solamente cuando me había llamado, y nunca lo hice enfadada o llena de resentimiento.

No; iba a buscarlo con mis labios, con mi sexo, con mis manos, presta a acariciar su cuerpo flexible, que ni la guerra ni los placeres habían conseguido ajar.

Una vez encontré sobre mí un cabello rubio mezclado con los míos. Sabía que era de Hipareta; sólo ella tenía el pelo tan claro. No dije una palabra, pero él lo vio y dijo riendo:

–Se le cae el pelo.

Me abstuve de hacer ningún comentario; guardé aquel cabello y luego, cuando estaba sola, me sentaba y lo miraba, y me imaginaba a la hermosa Hipareta inclinada sobre él. Para ser sincera, sentí un conato de celos, pero me tranquilicé. También ella lo amaba.

Sólo que se equivocó. Intentó retenerlo amarrado a su lado y ¿cuál fue su reacción? «Se le cae el pelo», había dicho riéndose. Podría haber dicho mejor que quien se caía era la propia Hipareta.

Este era el padre de mi hija. Un esclavo de la estética. Contaba cuántos cabellos se caían; veía cada arruga; nos observaba. No tenía sentido amarrar a un hombre así.

Hipareta nunca lo comprendió y por eso lo perdió.

Yo no lo retuve y no lo perdí.

Por supuesto, se acostó con Roxana y con casi todas mis amigas. Lo dejaba, y algunas veces iba también yo con ellos, cosa que recomiendo encarecidamente a todas las jovencitas. Tienes que ver a tu amante con otra en la cama para comprender si lo amas. Sólo así se entiende la diferencia entre la pasión erótica y el amor, y esta diferencia es importante. Es importante saber qué amenaza a qué.

Espero que mi hija no sea una puritana, y si lo es, que deje de serlo. El amor no nace en la cama; allí muere. Eso le diría a mi hija. No conviertas tu cama en lo que no es. La cama no está para venganzas o ruindades. Promesas dadas en la cama no pueden tenerse en cuenta. Hasta los tribunales se niegan a reconocer juramentos hechos en nombre de Afrodita. Por supuesto, la voz que presta juramento puede temblar de sinceridad, pero tiembla mucho más por otro motivo.

Además, no olvides que los hombres aman las palabras. Me llevó mucho tiempo comprenderlo, pero es así. Los hombres no sólo aman con las palabras, aman las palabras mismas. Ellas son su realidad más profunda. Sin palabras un hombre no es mudo, es inexistente.

–Tu padre me hablaba mucho –le diría–, incluso cuando hacíamos el amor. Le gustaba o, mejor dicho, tenía necesidad de narrar lo que hacía cuando lo hacía. Sus palabras potenciaban nuestras caricias, las transformaban hasta tal punto que a veces no las reconocía. Habitualmente no las reconocía.

En su lenguaje erótico predominaba la voz activa. Nunca comprendió que en la realidad la voz activa era yo. Ningún hombre lo entiende, pero, a fin de cuentas, qué más da.

*

¡Ya basta! Es suficiente con que piense tan sólo por un instante en mis noches con él para que mi cuerpo comience a estremecerse como un pez fuera del agua. Cuanto más pasa el tiempo, más lo quiero. No esperaba algo así. Creía, como todo el mundo, que el deseo erótico es decreciente.

En mi caso parece ser lo contrario. Mi deseo es creciente. El vigor de la juventud no ha menguado; todo lo contrario, ha aumentado y se ha hecho más profundo.

Por supuesto, puede que los años me hayan hecho algo más sabia, pero, con el tiempo, mi mente se ha convertido en mi órgano erótico más sensible. Cuando antes necesitaba una caricia para estimularme, ahora basta con una mirada o un recuerdo.

Eso fue exactamente lo que sentí en la casita de campo en Frigia. Lo veía dormir y recordaba su cuerpo desnudo, me acordaba de sus ojos risueños cuando se echaba sobre mí.

Mi cuerpo ardía, entreabrí las piernas, mi boca estaba seca y mis manos temblorosas. Y todo esto no porque estuviera acostado a mi lado, sino porque lo *recordaba*.

¿Cómo iba a poder liberarme de él jamás, cuando él era mi libertad? ¿Cuando yo era lo que era con él?

En realidad, quería negarme a la verdad, quería mirarme en el espejo y decir: «¡Eres Timandra, nada más!».

Eso había dicho aquella tarde en que me lo encontré con Sócrates y los demás: «¡Yo soy Timandra!», les había dicho. Pero ahora ya no puedo decirlo. Ahora soy una parte de él, y él es una parte de mí.

Únicamente en el orgasmo lo olvidaba; sólo entonces estaba sola por completo y era absolutamente yo misma. Quizá suceda igual con la muerte.

Por eso no puedo concebir una vida sin amor, porque sería una vida sin mí. El amor es mi más profundo yo.

Para Alcibíades, en cambio, no era lo mismo. El amor era una parada en su camino hacia el poder absoluto.

Por eso terminamos aquí, en la humilde casita de campo en Frigia, rodeados de enemigos. El padre de mi hija estaba desnudo. Yo no estaba desnuda. Lo que él había conseguido podían quitárselo: fama, poder y riqueza.

Pero lo que había conseguido yo, nadie podía arrebatármelo. Mi amor era mío. Mi amor era yo misma.

*

¿Qué dirán de nosotros en el futuro? No de mí, por supuesto, a mí me olvidarán. El amor no hace historia. La historia del amor muere cuando mueren aquellos que aman.

En cambio la vanidad y sus actos crean historia. ¿No es extraño y trágico?

A él lo recordarán; a mí me olvidarán. Recordarán sus batallas, sus maquinaciones, su lucha por el poder. Nadie recordará mi lucha, porque no ha dejado huella en cuerpos humanos. En consecuencia, me olvidarán.

Quizá por eso estoy escribiendo. Por supuesto, no quiero ser olvidada, al menos, no por mi hija.

¿Por qué nos inquieta que nos olviden?

Porque la única eternidad que existe es el recuerdo de los hombres, no disponemos de otra. Por supuesto, tenemos fantasías sobre una vida después de la muerte, y por eso enterramos a nuestros muertos con discursos y ofrendas, y no los dejamos en paz. En realidad, nos comportamos como si aún estuvieran vivos. En realidad, no comprendemos la muerte.

Creo que la muerte atormenta a los hombres más que a las mujeres. Quizá sea un poco simple, pero en la mujer germina una vida nueva. Su cuerpo genera nuevos cuerpos. Somos una misma cosa con la vida. No estamos solas.

No somos inmortales, pero no somos tan mortales como los hombres. El hombre es mortal y está solo. Nosotras tenemos en nuestro interior la permanencia. La mujer tiene un pie en la tumba y otro en la vida. El hombre tiene los dos pies en la tumba.

Si lo que digo es cierto, entonces, ¿qué significa?

Significa que la mujer se preocupa por esta vida, mientras que el hombre mira hacia la otra.

Los hombres son estrábicos. Este es su destino.

*

Mi destino, ¿cuál era? Eso me preguntaba encerrada en una habitación con techo de caña. Había comenzado a clarear. Desde la ventana distinguía un árbol con flores blancas. Nunca lo había visto antes y me recordó que me encontraba en una tierra extraña y desconocida, lo que me provocaba incertidumbres y temores.

Quería despertarlo; quería preguntarle por qué habíamos llegado hasta allí. Seguramente me habría respondido con su risa. Siempre reía cuando no sabía qué decir, y yo adoraba su risa, la consideraba una muestra de fuerza, nunca pensé que pudiera tratarse de una muestra de impotencia.

No lo desperté. Aunque éramos mortales, habíamos vivido como si fuéramos inmortales. Así pues, lo dejé dormir, que soñara cuantos sueños le enviaran los dioses.

Yo miraba el árbol desconocido, de flores blancas, y recordaba otras noches con mi amigo Antíoco, que tenía fama de ser uno de los mejores capitanes de barco. Era corpulento, de pelo castaño y ojos azules rodeados de una retícula de arrugas casi imperceptible. Reía mucho y fanfarroneaba aún más.

Alcibíades no tardó en llevarlo a nuestra cama. Pasamos bastantes noches los tres juntos. Cuando nos dormíamos tenía a uno a cada lado. Pero por la mañana encontraba a los dos uno junto al otro, en el mismo lado de la cama. Mi cuerpo era un puente que los unía en lugar de separarlos.

Pensaba que algo sabía del amor homosexual hasta que los vi juntos, y entonces comprendí que no tenía ni idea. No hacían el amor. Luchaban con todos sus músculos en tensión y completamente en silencio. Y los dos querían lo mismo a la vez.

Su abrazo era trágico y estéril, como el amor de Narciso.

A veces centraba en mí su ardor y con esfuerzos coordinados llevaban mi cuerpo al paroxismo del placer. Se sentían orgullosos cuando les suplicaba que me dejaran porque no podía más. A decir verdad, aguantaba mucho más, pero ellos no.

Recuerdo especialmente una noche en la que Roxana estaba también con nosotros. Entre Antíoco y ella consiguieron que Alcibíades perdiera el sentido. Cuando volvió en sí, miró a su alrededor con ojos turbios. Vio a Antíoco, vio a Roxana, pero no los reconoció. Sin embargo, nada más verme a mí, sonrió.

–¿Eres tú? –me preguntó con voz entrecortada.

No le respondí. Me limité a sonreírle porque sabía algo que quizá ni él mismo conocía. Sabía que para encontrarse a sí mismo primero tenía que encontrarme a mí.

Eso precisamente quería enseñarle.

*

En la oscuridad nos invade el miedo. A la luz del día, el pundonor. En la semipenumbra de Frigia me habían invadido los recuerdos.

Mi hija era una muchacha hermosa y sensata. Sin embargo, renegué de ella, no por otra razón que por la de ser niña, cuando Hipareta había tenido dos varones. Uno de ellos no era gran cosa, pero el otro era digno hijo de su padre. Atractivo, despierto, audaz.

Así pues, renegué de mi hija, la oculté para que no me recordara mi fracaso.

Aunque en la semipenumbra de Frigia la echaba tanto de menos que quería gritar.

Supongo que nunca va a perdonarme. Supongo que no merezco que me perdone. He perdido el derecho a darle consejos. De todos modos, tampoco tengo ningún consejo que darle. Vivimos nuestra vida como podemos. Y como no podemos.

Sin embargo, quisiera que me creyera cuando digo que la deseé. La recordaba de pequeñita caminando por la casa con una forma de andar que parecía querer hundir el suelo. No la eduqué yo, si hubiera sido así le habría corregido esos andares. La envié muy pronto fuera de Atenas con una familia conocida mía. Espero que ellos la hayan corregido.

Me fui de Atenas sin despedirme de ella. Tenía prisa por reunirme con Alcibíades. Pensaba que se hospedaba con el sátrapa persa. Por eso había llevado algunos trajes para las fiestas que imaginaba que se celebrarían.

¡Qué equivocada estaba! En realidad, Alcibíades era un perseguido, un fugitivo. El sátrapa lo andaba buscando. Los espartanos exigían su muerte; los atenienses lo habían destituido de su cargo. Todos se sentían traicionados por él, engañados.

Y lo peor era que todos tenían razón, incluso Alcibíades. Y este es un motivo más para que no me calle. Antes he dicho que con toda probabilidad la Historia se olvidará de mí, pero a él lo recordará. Sin embargo, temo que lo recuerde como quieren los vencedores. No son los derrotados quienes escriben la Historia, y él era uno de ellos.

En realidad, tampoco me interesa la Historia, ¿por qué había de interesarme ese catálogo de hazañas de la vanidad masculina?

No me interesa la Historia, pero me preocupo por el hombre que he amado durante toda mi vida. No lo dejaré al pie de los caballos, mucho menos siendo el padre de mi hija.

Lo miraba mientras dormía como un niño. Me daban ganas de acariciarlo, y me costaba comprender que ese niño dormido hubiese dirigido ejércitos de miles de hombres y escuadras de cientos de barcos, que hubiese combatido sucesivamente contra espartanos, persas, atenienses. Había combatido contra el mundo entero.

¿Fue una casualidad? ¿Habría sido diferente su vida de no haber ido a la pelea de codornices aquel día en que conoció a Antíoco y el placer del poder?

*

Durante algún tiempo, nos preocupó mucho este tema, sobre todo a Alcibíades, a quien no le gustaba para nada la idea de que su vida pudiera ser el resultado de diferentes casualidades, porque ello habría significado que no era insustituible.

Así que negaba rotundamente la idea del azar. «Muéstrame una casualidad», decía con ironía. Y yo no sabía qué responder.

Decidí, pues, comentarlo con Midas, que rara vez perdía la ocasión de hacer el «Sócrates».

–¿Qué es la casualidad? –le pregunté.

Midas, fiel a sus costumbres, me miró fijamente sin decir nada. Luego se levantó y cogió dos bolas que por casualidad había en nuestro patio. Colocó una a unos pasos de él, apuntó, lanzó la otra contra ella y acertó en el tiro.

–¿Ha sido casualidad? –me preguntó.

–En parte, sí –le dije.

–¿Por qué en parte?

–Porque también podrías no haber dado en el blanco.

–¡Muy bien!

Volvió a coger la bola y de nuevo la lanzó contra la otra, pero sin mirar. Erró el tiro.

–¿Ha sido casualidad? –me volvió a preguntar.

–No –respondí.

–¿Por qué?

–Porque no estabas apuntando.

–Muy bien. Pero, pese a ello, podría haber dado en el blanco.

–Entonces habría sido casualidad.

– ¿Cuál es, pues, la conclusión?

–Que a veces es casualidad y a veces, no.

–Justamente eso quería demostrarte –dijo Midas, sonriendo–. No existe la casualidad pura. Existe únicamente combinada con algo más. Por ejemplo, si doy en el blanco sin apuntar, eso sólo puede ser casualidad. Pero si doy en el blanco cuando apunto, entonces, puede que sea casualidad, pero puede ser también buena puntería. ¿No es así?

–Así es.

–Y he de tener dos bolas y la voluntad de alcanzar una con la otra, de lo contrario ni siquiera podría darse el acierto casual. ¿No es así? ¿O qué dices tú?

–Estoy de acuerdo.

–La casualidad, pues, es la relación existente entre la realidad y mi voluntad de cambiarla, siempre y cuando la realidad no coincida con mi voluntad.

–Eso significa que podemos excluir la casualidad si excluimos nuestra voluntad.

–¡O si excluimos la realidad! –suspiró Midas–, y son muchos los que lo han intentado y siguen intentándolo.

–¿Cómo podemos hacerlo?

–No podemos. Pero podemos ver la realidad como expresión de nuestra voluntad. ¡Eso exactamente es lo que hace tu joven! –respondió Midas con cierto tono de reproche.

Hice como que no lo había oído. Mi amor no atendía a razones. Lo ineludible suplía a la realidad; nuestra voluntad, a la tragedia, y la casualidad, al resultado. Esto era la vida.

Alcibíades no se sorprendió cuando le conté mi conversación con Midas.

–El problema no es si de vez en cuando se da el azar, sino si toda nuestra vida es un puro azar –dijo, cogiéndome por la cintura.

Nos encontrábamos todavía en la fase en la que no podíamos estar sentados juntos más de cinco minutos sin terminar en la cama.

–¿Qué otra cosa puede ser? –le pregunté, tratando de esquivar su boca.

–¡Nada! –balbuceó. Y consiguió morder mi pezón derecho, que siempre ha sido mi punto más sensible. Ya no tenía más preguntas, pero no quería entregar las armas.

–¿Qué quieres decir? –susurré.

Me hacía cosquillas con la lengua.

–¿Qué dices? –le escuché preguntar, aunque sería más acertado decir que lo sentí preguntar, porque su cabeza estaba ya entre mis piernas.

Pero ya se me habían ido las ganas de filosofías.

–¡Entra en mí! –le pedí ordenándoselo. Siento este oxímoron, pero no se puede decir de otro modo.

«¡Entra en mí!», y todas las preguntas encuentran respuesta.

¿Sería así siempre? No lo sabía. Y en aquel momento tampoco me importaba. Al poco rato descansábamos el uno junto al otro, hasta volver a comenzar.

La breve visita a la eternidad había terminado. No teníamos más remedio que intentarlo de nuevo.

*

En Frigia amanecía tarde. Añoraba la luz del Ática, despertarme por la mañana con los rayos del sol enredados en la parra y en sus hojas nerviosas.

Al contrario de lo que le ocurre a la mayoría de las mujeres jóvenes, a mí me gustaba levantarme temprano. Alcibíades prefería el calor de la cama, y, además, decía que sus sueños de la mañana siempre eran buenos.

La felicidad cotidiana no le bastaba. Todos decían que vivía el momento presente. Yo no estoy de acuerdo. De todos cuantos he conocido ninguno hacía del «mañana», «hoy» tan rápidamente como él. Era impaciente. Había invertido en el mañana y tenía prisa.

Alcibíades veía su propia vida como una metrópolis ve a sus colonias. La poseía, pero no la amaba. Soñaba con el poder, y el poder no sueña con el amor.

En mi caso, las cosas eran diferentes. El futuro se componía de él y mi hija, y no tenía prisa. Pues bien, me despertaba temprano y cogía el camino del Himeto para esperar la salida del sol.

Evitaba la vía principal porque no quería tropezarme con campesinos cascarrabias que bajaban sus productos a Atenas para venderlos. Elegía un pequeño sendero y lo seguía hasta donde terminaba, porque con frecuencia los senderos se cortaban. Se diría que quienes los transitaban se arrepentían y daban la vuelta.

Cuando estaba embarazada, todas las mañanas daba un largo paseo hablando con mi hija, porque sabía que sería una niña, aunque deseaba que fuera un varón.

Una vez me encontré con Sócrates. También a él le gustaba madrugar. Alcibíades, como de costumbre, estaba ausente, y Sócrates me preguntó si era feliz.

–Sí –le dije–, soy feliz.

–Muy bien –dijo él–. Intenta ser feliz mientras puedas, porque Alcibíades te destruirá; no sólo a ti, también a la ciudad y a sí mismo.

Sonreí acariciando mi vientre, como para consolar a mi hija por las duras palabras de Sócrates.

¿Ahora quién me consolará a mí?

*

Le gustaba ser el centro de atención de todo el mundo. No podía vivir de otro modo.

Poco después de su boda con Hipareta compró un perro al que llamó *Argos*. Durante algún tiempo, toda Atenas estuvo hablando de Alcibíades. Decían que había gastado una fortuna en un perro y, claro está, inmediatamente circularon chismorreos sobre lo que le había movido a comprarlo. Al poco tiempo, como suele suceder, la cosa se olvidó.

Entonces Alcibíades cortó la cola a *Argos* y Atenas volvió a ocuparse de él.

–Pero ¿por qué? –le pregunté.

–¡Ya que no hablan de mí, que hablen de mi perro! –dijo, levantando los hombros, coqueto.

Sócrates era el único que lo hacía ruborizarse, reconocer su ignorancia, prometerle mejorar. Promesas que mantenía solamente durante unas semanas. Dejaba la bebida; se quedaba en casa inclinado ante diferentes libros; se comportaba con humildad en el ágora, y únicamente venía a mi casa para desahogarse.

–El viejo tiene razón –me confesaba–. ¿Cómo voy a ser capaz de gobernar una ciudad cuando no puedo gobernarme a mí mismo? ¿Cómo voy a saber lo que es bueno para la ciudad cuando no sé lo que es bueno para mí? ¡El problema no es la vida, Timandra! ¡El problema es cómo vivirla con acierto!

No tenía nada que decirle, salvo que había empezado a ser aburrido y, evidentemente, cosas así no se dicen.

Por otra parte, enseguida me demostraba que no tenía razón. Tras algunas semanas de continencia y estudio, explotaba. Le era imposible ser aburrido. Ataviado con su mejor túnica, irrumpía en mi casa con un séquito de bailarines y cantantes de ambos sexos, y caíamos el uno en los brazos del otro.

En una velada de esas me llevó a *La Caverna*. Hablaré de ello, pero antes voy a tomar un sorbito de vino porque tengo la boca seca.

*

Bien. Ahora me siento mejor.

Era pasada medianoche cuando llegamos a una mansión a las afueras de la ciudad. La mayoría de nosotros estábamos ya algo bebidos.

El exterior de la casa se veía modesto y te engañaba, porque el interior era puro lujo, aunque de gusto dudoso.

Por todas partes había mesas de mármol y bancos, las lámparas eran de oro o de plata. En el suelo, pieles de león, de tigre o de oveja, y enormes cojines mullidos. En pequeñas mesas auxiliares, copas con vino y cestas con frutas.

Alcibíades nos había obligado a prometer que haríamos lo que nos dijeran. En la entrada, nos recibieron dos esclavos de tez morena, con el torso desnudo. Les entregamos toda nuestra ropa y nuestras joyas y ellos nos dieron una toalla grande a cada uno.

La luz era escasa y se hacía aún más débil cuanto más nos adentrábamos en la casa. Alcibíades nos reunió en una pequeña estancia completamente vacía y nos repitió las instrucciones. Eran simples. Nadie estaba obligado a hacer nada que no quisiera, y todos tenían derecho a hacer lo que les apetecía. Se impuso un silencio absoluto. Si alguien se había arrepentido, era mejor que se fuera inmediatamente.

Nos mostró una puerta.

–¡Quien cruce esta puerta no puede echarse atrás! –dijo.

Nadie se marchó. De uno en uno, porque la puerta era estrecha, pasamos al otro lado. Alcibíades pasó el último.

Me encontré en un pasillo largo y angosto que estaba iluminado por antorchas, pero la distancia entre ellas era tan grande que sólo servían para crear sombras.

Tan pronto como mis ojos se acostumbraron a la oscuridad, vi que a lo largo de uno de los lados del pasillo había pequeñas cámaras.

El silencio era absoluto. Sujetándome la toalla alrededor de la cintura, di los primeros pasos con cautela, pero me detuve enseguida.

Un hombre de unos treinta y cinco años estaba allí, de pie, apoyado en la pared, con las piernas abiertas. Se había quitado la toalla y miraba muy atento a la pequeña cámara que tenía enfrente, donde otro hombre mucho más joven estaba acostado de lado y se acariciaba el pene con movimientos muy lentos.

No podía dar un paso. Los dos hombres ni siquiera me veían. Estaban completamente concentrados el uno en el otro, en una comunicación sin palabras, con los ojos como brasas y se movían con tanta lentitud como si estuvieran en un sueño.

Era un momento indescriptible que me horrorizaba y me atraía. Permanecí de pie y contemplé el desagradable desenlace de aquella confrontación erótica. El joven perdió todo el interés por su admirador y le dio la espalda. En el rostro del otro vi una pena tan desnuda como una serpiente que acaba de mudar la piel.

Un instante después había desaparecido, una sombra entre otras sombras.

Recorrí el pasillo, mirando de vez en cuando hacia el interior de las pequeñas cámaras. En todas ellas, parejas de todo tipo: hombre con mujer, hombre con hombre, mujer con mujer. Nada de esto me era desconocido.

Lo nuevo para mí era el silencio absoluto, o, mejor dicho, la absoluta ausencia de la palabra, porque oía continuamente todos los sonidos del amor: suspiros, gritos ahogados. Pero palabras no.

En *La Caverna* estaba prohibido hablar. Me acordé de mi amigo, el sofista de Mileto, que la emprendía contra Homero por aquel episodio de Polifemo y Odiseo, cuando el Cíclope preguntó al héroe quién era, y él le respondió: «Nadie».

–Lo mejor hubiera sido que no hubiese respondido nada en absoluto –sostenía mi amigo–. Odiseo no tenía que haber dicho una palabra. Entonces Polifemo se habría sentido aún más confundido.

En *La Caverna* comprendí cuánta razón tenía. Me sentía como si hubiese perdido la orientación. Aquellas sombras a mi alrededor, aquellos cuerpos que hacían todos los movimientos que me eran familiares, resultaban, no obstante, incomprensibles a causa del silencio.

Avancé por el pasillo, que, de repente, se estrechaba más y se bifurcaba en dos. Tomé el de la izquierda y la luz se hizo mucho más tenue todavía. Ahora no veía más que formas indefinidas y, de vez en cuando, ojos que estaban clavados en mí.

Apresuré el paso y llegué a una habitación bastante grande con una iluminación mortecina. Cuando miré con atención me di cuenta de que estaba en un pequeño teatro.

Alrededor, había sentados hombres y mujeres en silencio absoluto. Me acomodé al lado de un hombre que ni siquiera me miró. La escena estaba vacía. En el ambiente había una intensa expectación.

¿Qué estaban esperando? No lo sabía.

Un hombre entró en la escena con paso lento. Era bajo, de espaldas anchas y llevaba la toalla amarrada a la cintura. En la mano sostenía un látigo.

Aguardaba inmóvil, las piernas separadas. Todos estábamos expectantes. Dos mujeres entraron en la escena cogidas de la mano. Se situaron delante del hombre y observé que temblaban ligeramente.

A una señal de él, las mujeres se pusieron a cuatro patas, una al lado de la otra. Sus hombros y sus muslos se tocaban.

El hombre tiró de sus toallas. Las mujeres eran menudas, pero dulces como la mentira. Él levantó el látigo y les acariciaba la espalda, las nalgas. De repente empezó a pegarles, primero, a una, luego, a la otra. Una vez, dos veces, tres veces. Las mujeres emitían gemidos sordos mientras que el hombre respiraba profundamente.

Todo mi ser se estremeció.

La sangre les corría por la espalda y por las nalgas. Se acercaron más la una a la otra. El hombre se había saciado ya. Limpió el látigo en la larga melena negra de una de las mujeres y salió de la escena tambaleándose, como si estuviese bebido.

No sabía qué pensar. Mis reacciones no eran las que esperaba. En lugar de sentirme aterrada, me había excitado. Me incliné hacia el que estaba a mi lado y le pregunté en voz baja:

–¿Qué está pasando aquí?

No me respondió. Simplemente se volvió hacia mí con el dedo en los labios.

Las dos mujeres que estaban en la escena seguían gimiendo abrazadas. Su sangre se mezclaba. No pude soportarlo, y al ver que el de al lado sonreía me levanté precipitadamente y salí fuera, al pasillo oscuro.

No identificaba a ninguno de los que habían venido conmigo. El silencio era más intenso aún. Vi luz al fondo y me sentí aliviada.

¿Por qué nos gusta que nos torturen? ¿Por qué nos gusta torturar? ¿Por qué queremos mirar a los que están torturando y a los que están siendo torturados?

En condiciones normales jamás me habría hecho estas preguntas. Pero las condiciones no eran normales y las preguntas surgían por sí solas.

Por supuesto que sabía que el placer se puede convertir en dolor.

¿Cuándo el dolor se convierte en placer?

*

Me pregunto qué dirán quienes algún día lean estas líneas. No es que me avergüence de lo escrito, sino que me doy cuenta de mi ineptitud. No soy capaz de reflejar fielmente la realidad que viví en aquella mansión a las afueras de Atenas.

¿Qué era lo que buscaban aquellas personas? ¿Qué encontraban en *La Caverna*? No lo sé. Y no creo que sea suficiente una respuesta simple.

Por entonces no me preocupaban estos pensamientos. Dentro de mí había despertado algo que me resultaba completamente ajeno, pero, al mismo tiempo, completamente mío. Continué recorriendo el pasillo en semipenumbra y por un instante me pareció ver a Alcibíades y corrí hacia allí. No era él.

Me encontré en una estancia aún más oscura. Hombres y mujeres estaban sentados en banquetas de madera. Al fondo de la habitación se adivinaba una abertura y, tras ella, oscuridad total. Oía suspiros, gemidos, gritos, y quería salir de allí, pero alguien detrás de mí me empujó hacia dentro. Alguien, o algo desde mi interior.

Dentro de la pequeña estancia no veía casi nada. Una mano me agarró de los pelos y me sacudió con fuerza, mientras otro intentaba introducir su dedo dentro de mí. No veía quiénes eran; no veía nada. Únicamente sentía lo que me hacían.

Quizá los otros se habían habituado a la oscuridad. Incluso el mundo subterráneo tiene sus ventajas.

Alguien me dio una bofetada. Otro había pegado sus labios a mi pecho. Un tercero intentaba penetrarme por detrás. Otro me mordía. Y aún otro más me sujetaba la cabeza para penetrar en mi boca.

Alguien gemía, ¿era yo?

Me sentía dolorida y, sin embargo, me dio risa. No sabían quién era yo ni yo sabía quiénes eran ellos. Éramos sólo manos, dedos, dientes, labios, órganos genitales. Comencé a oponer resistencia, dando patadas y mordiscos sin gritar.

Por un instante recobré un poco el aliento, pero continuamente aparecían manos nuevas, bocas nuevas, nuevos genitales.

Finalmente, no pude resistirme y me entregué.

Me entregué y sentí una profunda y auténtica liberación. Me sentí liberada de mi cuerpo y de su vida y comprendí que era justo eso lo que quería enseñarme Alcibíades.

Sin alterarme, me dejé que me hicieran lo que quisieran y lo hicieron.

¿Cuánto duró aquello? No lo sé. Bastante tiempo. Al final alguien me empujó hacia una abertura que no había visto antes. Era otro pasillo muy estrecho que conducía a una puerta. La abrí y salí al aire libre, aunque no exactamente al exterior. Estaba en una pequeña estancia sin techo. Veía las estrellas y oía las cigarras, porque era verano.

Estaba completamente sola y comencé a llorar sin saber por qué. A la lechosa luz del alba vi que me encontraba en un jardín con cientos de flores que despedían una fragancia exquisita. Volaban luciérnagas a mi alrededor.

Una se me acercó y se posó encima de mí con alas temblorosas. La dejé. Mi cuerpo estaba vacío y mis miembros, libres de aquel ardiente aguijón de Afrodita.

Por último, hallé dentro de mí un anhelo diferente, otra clase de felicidad.

Me quedé dormida y dormí varias horas sin soñar nada.

*

Por muy extraño que parezca, en *La Caverna* descubrí, mediante la práctica, que el alma existía.

Alcibíades me miró con ironía y me dijo que era una pretenciosa, que no podía tan sólo entregarme a mis deseos sin echar mano de alguna justificación existencial.

–El sentido de la vida no es más que el último refugio de los débiles –añadió.

Dijo eso literalmente, y nunca se lo he perdonado. Yo no era débil, y no necesitaba justificaciones ni refugios. Lo único que necesitaba era no quedarme ciega por mantener los ojos permanentemente abiertos.

Quería una mirada serena y limpia. No me gustaban las ironías cínicas; quería ver la vida tal y como era o podía ser.

Había descubierto mi alma. Fue preciso que perdiera mi cuerpo para encontrarla y esto no era una justificación en absoluto.

Todo lo contrario.

*

Era mi alma la que me había arrastrado hasta Frigia, donde todo era extraño para mí, incluso el sol, que por un momento creí que había comenzado a salir, porque vi un resplandor rosado en el oriente, y me alegré pensando que por fin aquella larga noche terminaba.

Me equivoqué. La oscuridad no había sido vencida, simplemente había retrocedido por un instante para agrupar sus fuerzas. Alcibíades diría que se trataba de una «retirada táctica».

En una palabra, se hizo de noche de nuevo con una oscuridad que se movía, a la que no podía acostumbrarme. Oía cada sonido intentando entender su significado y mi imaginación no me ayudaba especialmente, porque lo único que me venía a la mente eran desgracias de todo tipo.

¡Qué lejos estaban aquellos días y aquellas noches de despreocupada felicidad! Me embriagaba con la hermosura de mi cuerpo, me embriagaba con el amor apasionado de Alcibíades y con mi propio amor, aunque también me embriagaba con sus importantes victorias políticas –alguna vez ha de decirse también esto– y con sus éxitos en la guerra.

Estaba contenta gracias a él, y con frecuencia me ponía de su parte cuando Sócrates se empeñaba en aguarle la fiesta con su crítica constante y, desgraciadamente, cierta.

–¿Qué sabes tú que no saben los atenienses? –le preguntaba–. ¿Por qué quieres gobernarlos? ¿Qué sabes tú lo que es el bien y el mal?

Por supuesto, a Alcibíades no le faltaban respuestas, pero Sócrates se las echaba abajo una tras otra, hasta que Alcibíades no tenía nada que decir y caía en un estado de melancolía que, por suerte, le duraba poco.

–Pero ¡¿por qué no le preguntas a los atenienses?! –le grité una vez–. ¿Por qué no les preguntas por qué quieren que sea su general?

–¡Exactamente! –dijo Alcibíades, en tono triunfalista.

Sócrates no respondió enseguida, y sabíamos que cuanto más tardara en hablar, peor quedaríamos nosotros.

–¡No preguntamos al asno por qué quiere albarda! ¡Preguntamos al arriero!

–¡De modo que todos los atenienses son unos asnos! –grité, defendiendo la democracia con una vehemencia histriónica.

–Cada ateniense, considerado como individuo, no es un asno. Pero todos los atenienses en conjunto se tornan asnos. Los atenienses, como todos los demás, se olvidan y se convierten alegremente en una masa necia.

–Esos pensamientos te acarrearán la muerte, Sócrates –le dije.

–¡Sin duda alguna! –respondió sin inmutarse–. ¡Yo mismo, por la democracia, iré a su encuentro!

A menudo teníamos conversaciones así en mi casa y muchos se sorprendían de sus ideas políticas.

–Di-dice y se desdice –tartamudeaba Alcibíades, con su característico frenillo–. Por un lado, se erige en defensor de los derechos del ciudadano, pero, por otro, arremete contra todos los atenienses. ¡No lo entiendo!

¿Qué sostenía Sócrates en el fondo?

Era evidente que no simpatizaba con la tiranía, pero se burlaba del mismo modo de los políticos elegidos democráticamente. Entonces, ¿cómo se gobierna una ciudad?

Lo presionábamos para que nos diera una respuesta, pero él nos miraba con sus ojillos medio entornados, como si quisiera preguntarnos: «¿Acaso una ciudad necesita ser gobernada?».

Jamás nos respondió. ¿Y cómo podía hacerlo? La Historia nos enseña que desde que existe el ser humano, e incluso mucho antes, cuando solamente los dioses habitaban la Tierra –mejor dicho, el Cielo–, han existido gobernantes y gobernados.

Los dioses se someten a otros dioses; los hombres se someten a otros hombres. Los dioses de los hombres sometidos se someten a los de los vencedores. Esta es nuestra historia. Incluso nuestra memoria se somete a la memoria de otro.

Este era el orden del mundo y a él seguimos sometidos, sólo que Sócrates no quería someterse a nadie ni a nada, quería establecer sus propios límites, su juicio.

¿Estaba seguro de que los demás podían hacerlo?

No; no estaba seguro, y por eso guardaba silencio.

Las personas libres escasean mucho más de lo que pensamos. Sócrates guardaba silencio y su silencio me llenaba de angustia.

*

Alcibíades tenía un sueño inquieto. Daba vueltas en la cama, se apartaba la manta. Hubiera querido reconfortarlo, pero había decidido no despertarlo. Necesitaba dormir, aunque su sueño fuera intranquilo.

Yo, en cambio, estaba desvelada. Tenía en la cabeza tantas cosas, antiguas y recientes, lo que había sucedido y lo que estaba sucediendo, por no hablar de lo que podría haber sucedido y lo que podría suceder.

Ahora que lo pienso, veo que en realidad no habría querido ser una diosa. ¡Pensar que tienes todos los poderes en tu mano! ¿Medita la divinidad cada una de sus decisiones o simplemente tira los dados?

Aunque quizá sea precisamente eso lo que caracteriza a la divinidad: eludir tomar decisiones y tener que elegir.

–¿Por qué no? –decía Alcibíades, el padre de mi hija.

¡Qué fácil me resulta llamarlo «el padre de mi hija»! ¿Por qué no me habré dado a mí misma desde el principio este gusto tan fácil?

Me doy cuenta de que cuando lo llamo «el padre de mi hija» mis reflexiones se organizan de forma diferente a cuando lo llamo por su nombre; la decisión de devolvérselo a mi hija me ha reconfortado, como si me hubiera liberado de una indecible responsabilidad.

–¿Está el ser humano obligado a elegir? –se preguntaba a menudo.

Intentaba liberarse de los vínculos de su sexo y de su origen. Se ocultaba detrás de su dedo, y traicionó a su ciudad. Unas veces mostraba al mundo su faz y otras, su trasero.

*

Algo me inquietaba. Tenía terribles presentimientos cada vez que se marchaba en pos de glorias aún más importantes. Pero, en cuanto regresaba, olvidaba todos los malos presagios. ¿No es estúpido?, como si lo creyera inmortal, y además como si con cada nuevo triunfo se hiciera mejor.

Pese a lo mucho que había bebido, pese a sus muchos amantes de ambos sexos, pese a lo mucho que había padecido en la guerra, su cuerpo era flexible y fino, sus cabellos, brillantes, su piel, tersa y suave; los músculos de su vientre se movían como serpientes soñolientas cuando reía, y cuando me tomaba entre sus brazos sentía siempre ese goce auténtico y profundo que hacía que mis entrañas se estremecieran.

La desgracia estaba cada vez más cerca. El ejército de Atenas había ganado muchas batallas importantes, pero no la guerra. Los espartanos no eran adversarios fáciles.

–No es fácil vencer a una ciudad en la que cada ciudadano está dispuesto a sacrificar su vida. ¡No cien o doscientos, sino todos, hombres, mujeres y niños están dispuestos a luchar hasta la muerte!

Eso decía Alcibíades suspirando, y en su tono de voz percibí una oculta admiración involuntaria por Esparta. Sócrates, que admiraba a Esparta sin disimulos, echaba leña al fuego. Poco a poco Alcibíades iba madurando para su futuro papel en el teatro de la vida. Un día se convertiría en un traidor.

La decisión se tomó en la batalla de Mantinea, según me dijo, relatándome los hechos con todo detalle, y en verdad debería haber tomado notas, porque estoy segura de que dentro de muy poco la verdad quedará deformada, como una solterona amargada.

Eso pensaba, allí, en la modesta casita en Frigia. Tenía tiempo, y Alcibíades seguía durmiendo. El día tardaba en llegar y quienes nos acechaban fuera no habían decidido lo que iban a hacer. Me pareció que se habían acercado un poco más, pero podía tratarse de una impresión mía.

El miedo llega tarde, en el ocaso, cuando la gente te vuelve la espalda. Pero el auténtico pavor nos visita temprano, por la mañana, cuando la gente te muestra su rostro.

Permitidme que levante el pasado como un escudo frente al verdadero rostro de la gente.

*

La historia comenzó durante una tregua, que muchos creían que no sería pasajera. Habían transcurrido trece años de guerra. Atenas se desangraba. Esparta se desangraba. Todos tenían necesidad de una pausa para tomar aliento. El único que se aburría era Alcibíades.

–¿Qué hace un estratega sin una guerra? –decía no sólo cuando estábamos los dos en privado, sino también en el ágora.

–¡Ahora es el momento de que aprendas a tocar la flauta! –le gritó alguien. Y todos se echaron a reír, y con ellos, el propio Alcibíades.

Por la noche, en mi casa, cuando nos quedamos solos, dio rienda suelta a su rabia con insultos y amenazas. Enseñaría a todos aquellos zánganos que un general no se sienta a esperar la guerra, la hace.

Lo dijo y lo hizo. Y no faltaban causas ni pretextos. Más tarde comprendí que la tregua en el fondo no era más que una maniobra táctica para mejorar posiciones, equiparse, reemplazar hombres y material. Auténtica paz, no querían los atenienses.

Aristófanes era el único que satirizaba la guerra y a los partidarios de ella, pero las comedias no siempre son buena cosa. Los atenienses iban al teatro, se divertían, y luego se olvidaban de lo que habían visto.

Por el contrario, los espartanos eran más cautelosos, la necesidad los obligaba a tener cuidado. Por supuesto, nadie se atrevía a proponer una paz, por temor a ser considerado un cobarde, aunque muchos la deseaban, porque Esparta tenía poca población y un ejército pequeño, para el que la muerte de un solo hoplita constituía una verdadera amenaza.

Además, a los espartanos les bastaba con mandar en su propio territorio, eran gentes simples y sus ambiciones no iban más allá del Eurotas. Los atenienses, en cambio, eran cualquier cosa, menos simples. Quizá lo fuera Aristófanes, por eso nadie lo tomaba en serio.

Esparta quería seguir siendo como era, pero Atenas, para mantenerse como era, tenía que conquistar continuamente nuevos territorios.

Esto también era una paradoja. Esparta era un Estado de guerreros, no de comerciantes. Los atenienses eran más comerciantes que soldados, aunque eran ellos los que mantenían la guerra.

Empecé a comprender la simpatía de Sócrates por Esparta, aunque ni en broma pensaba que podría cambiar la cómoda vida de Atenas por la gimnasia y el caldo negro de las mujeres de Esparta, a las que llamábamos «las sin bragas» porque sólo llevaban una túnica que les llegaba hasta la rodilla.

Las leyes eran muy extrañas en Esparta. A los ciudadanos libres no se les permitía trabajar. El comercio estaba prohibido. Los niños eran educados por la ciudad. Varones y hembras crecían juntos y se entrenaban desnudos. El robo estaba permitido, bastaba con que no te cogieran. Y lo más extraño de todo era que no había leyes que castigaran la infidelidad conyugal, cosa que iba especialmente bien conmigo.

En cierta ocasión, alguien preguntó a un espartano por qué no tenían una ley sobre el adulterio y él dijo con gran simpleza que dónde iban a encontrar mejores hombres sus mujeres. ¡Eso es tener confianza en sí mismo!

Vuelvo a los hechos que transformaron a Alcibíades de un respetable general en un despreciable traidor.

He dicho que, por el momento, había una tregua, pero Alcibíades la rompió, con la ayuda y la colaboración especial de los argivos, que eran furibundos enemigos de Esparta.

Los argivos se apoderaron de un pequeño territorio, y a continuación los atenienses ocuparon otra franja de tierra. En secreto, levantaron una muralla que aislaba a Esparta de Corinto, su aliada.

Los espartanos, por supuesto, no podían tolerar algo así. Inmediatamente movilizaron su ejército, pero el rey no estaba satisfecho con los augurios de los sacrificios, y regresó a la ciudad. Un detalle como este habla por sí solo. Los espartanos hacían sacrificios cada vez que cruzaban sus fronteras, y si los augurios no eran favorables, permanecían en la ciudad. No estafaban a los dioses, cosa que en Atenas era menos frecuente.

Pues bien, pasó un tiempo sin que sucediera nada, salvo que los enemigos de Alcibíades consiguieron quitarle el mando del ejército. Lo sustituyeron dos patanes. Aquel año tocaban Juegos Olímpicos y nadie esperaba una guerra.

Los argivos no podían dejar de odiar a los espartanos. Como ciudad organizadora de los Juegos, se las ingeniaron para excluirlos de ellos. Sólo un espartano participó sin que se dieran cuenta, y cuando venció en la prueba hípica, en lugar de llevarse la corona de laurel, se llevó una buena bofetada. Esto supuso el fin de la tregua.

Alcibíades soliviantó a los atenienses, y en Esparta comenzaron las protestas contra su piadoso rey Agis. Lo tildaron de cobarde y amenazaban con incendiarle la casa, y él, que no era ni tonto ni cobarde, comprendió que tenía que ir a la guerra.

Así, a comienzos del otoño, en el décimo tercer año de la guerra, tuvo lugar la batalla de Mantinea, que convirtió a Alcibíades en traidor.

Los espartanos, con Agis a la cabeza, marcharon contra Argos. Los argivos y algunos hoplitas atenienses elegidos se atrincheraron en una alta colina. Agis condujo su ejército directamente contra aquel lugar, pero, en el último momento, cambió de opinión. Nadie sabe por qué.

Se dijo que quizás había comprendido que era imposible apoderarse de la colina fortificada, otros dijeron que uno de sus consejeros le había gritado: «¡Rey, ¿piensas remediar el daño que has hecho con otro peor?!».

Los espartanos, que ya no se fiaban de Agis, habían enviado con él diez veteranos de confianza para controlarlo. En cualquier caso, Agis ordenó la retirada. Los argivos, cabezas de chorlito, como siempre, y los atenienses pensaron que Agis se había acobardado ante ellos y quisieron pasar al ataque de inmediato, pero sus generales no daban la orden.

Jamás, antes ni después se han encontrado frente a frente dos ejércitos griegos tan numerosos. Los espartanos y sus aliados eran aproximadamente cinco mil. Otros tantos eran sus adversarios.

Agis no quería atacar directamente, quería obligarlos a abandonar la colina y bajar al valle. Así, pues, ordenó desviar la corriente del arroyo Ofis, que por aquellos días llevaba mucha agua, por lo que ponía en peligro de inundación los cultivos argivos.

Su plan tuvo éxito. Los argivos no podían cruzarse de brazos mientras veían sus campos convertidos en una ciénaga. Prepararon el ataque con sumo cuidado y sorprendieron a los espartanos en el momento en que regresaban desordenadamente del río al campamento.

Alcibíades no estaba en Argos como combatiente, sino en calidad de emisario diplomático, y no tomó parte en la batalla, se limitó a seguirla de cerca.

–Ningún otro ejército se habría hecho con la victoria, excepto los espartanos –me dijo más tarde.

En un minuto, los espartanos pasaron del completo desorden a un orden de combate. La disciplina espartana era absolutamente eficaz y tenía la extraña virtud de convertir a su ejército en un «ejército de mandos», como ellos mismos decían jactándose.

Un contingente de cinco mil hombres se transformó, a pesar del ataque por sorpresa, en un dócil instrumento, en una flauta con la que Agis podía tocar el ritmo que quisiera.

–¡No se puede vencer a un ejército como ese! –suspiraba Alcibíades.

La batalla fue terriblemente dura. La falange derecha de los argivos obligó a los espartanos a retroceder, mientras que Agis con sus trescientos «caballeros» –los denominaban así, aunque no tenían caballos– derrotó a los atenienses y a continuación irrumpió con toda su fuerza contra el ala de los argivos, que de ese modo se encontraron cercados.

Cuando anocheció, no había duda de la victoria de los espartanos. Los argivos perdieron setecientos hombres, y otros tantos, los atenienses, entre ellos estaban los dos incompetentes que habían sustituido a Alcibíades.

Los espartanos declararon que habían perdido trescientos hoplitas. Nadie estaba seguro, porque su reserva en tales asuntos era proverbial.

La batalla de Mantinea fue la mayor victoria de los espartanos, y podría haber sido aún más grande si no hubieran sido tan fieles a sus leyes. Nunca condenaban a un ejército derrotado. O no les gustaba la masacre, o Alcibíades tenía razón:

–Los espartanos son excelentes guerreros, sin embargo, ven la guerra como una competición deportiva. Se conforman con hacer que el adversario caiga a sus pies. Luego, pierden el interés por el resto de las ventajas. ¡Son excelentes guerreros, pero no tienen ni idea de estrategia!

Más tarde, Alcibíades haría lo que pudiese para cambiarlos. Aún tenía algún tiempo por delante. En concreto, tres años.

*

Fueron tres años de fiesta. Los atenienses, después de la batalla de Mantinea, comprendieron que lo necesitaban. La lengua viperina de Aristófanes decía que todos lo aborrecían y todos lo querían.

En pocas palabras, Alcibíades tenía una historia de amor con toda Atenas. Pericles los trataba como si fueran sus hijos y sus hijas. Alcibíades, como si todos fueran sus amantes y sus queridas. Pericles les daba consejos y los dirigía. Alcibíades les hacía perder la cabeza.

Todo termina alguna vez. Los padres mueren, y lo mismo el amor, pero mientras duraba la fiesta nadie se divertía tanto como Alcibíades. Continuamente teníamos banquetes, teatro, excursiones, y nuestras noches estaban llenas de sueños.

Sólo que en sus sueños el papel principal había empezado a representarlo Sicilia. Si conquistase la próspera isla convertiría de nuevo a Atenas en el centro del mundo. Los atenienses pronunciarían su nombre antes que el nombre de Pericles.

Intenté disuadirlo, y también Sócrates. Hacía como que oía, cuando en realidad no daba la más mínima importancia a nuestras palabras y todo el tiempo estaba pensando cómo podría convencer a los atenienses para que lo secundaran en la más peligrosa y temeraria expedición de su historia.

Estaba como fuera de sí. Yo, que desde el comienzo de nuestra relación había aprendido a dominar mis celos, terminé sintiéndolos por aquella isla lejana que amenazaba con arrebatármelo, cosa que ningún hombre o mujer podía hacer, aunque en aquella época estaba loco por una muchacha de Milos, con la que tenía un hijo.

Llegados aquí estoy obligada a hacer un paréntesis. He de narrar, sea como sea, los sucesos de Milos antes de que se olviden. Fue entonces cuando comprendí que Atenas ya no era la antigua Atenas.

*

Pero vayamos por partes.

Milos es una isla pequeña e insignificante. Hasta aquel momento no se había implicado en la guerra, porque ni Esparta, que la consideraba colonia suya, ni Atenas estaban especialmente interesadas en ella.

¿Por qué, entonces, los atenienses decidieron mandar una flota a Milos?

Sencillamente porque la independencia de la isla había comenzado a ponerles nerviosos y porque la postura de Milos podía tentar a otras islas que tenían una alianza con Atenas y compartían con ella los infortunios de la guerra y las bajas, pero no la fama ni el botín.

Sin embargo, Milos resistió valientemente y los atenienses se vieron obligados a ocuparla durante un verano y un invierno. Entonces cometieron el delito que, en mi opinión, fue el comienzo del fin de Atenas.

Los atenienses pasaron a cuchillo a todos los hombres de más de dieciocho años. Las mujeres y los niños fueron vendidos como esclavos. Algunas vinieron a Atenas, entre ellas la muchacha de la que se enamoró Alcibíades. Ni una sola persona quedó en la isla. Los atenienses enviaron quinientos colonos para repoblarla.

Nunca antes Atenas había mostrado tal barbarie. Sócrates tenía razón. Las tiranías del pueblo acaban con todo y con todos. Yo sentía amargura, decepción y miedo.

En medio de esta situación fui a encontrarme con la muchacha de Milos. Fue la primera y la única vez. Era muy hermosa, con ese extraño comportamiento, lleno de dignidad, que hacía que su esclavitud pareciese una túnica costosa.

Sentía celos de ella, no con la razón, sino con el corazón. ¿Cuál era su secreto? ¿Qué educación había transformado a aquella sencilla muchacha de Milos en una mujer indomable?

Alcibíades le había cedido una de sus propiedades pequeñas, a dos horas de la ciudad. Fui sola, a pie.

La muchacha, cuyo nombre nunca supe, porque se negaba a decírmelo, abrió la puerta con el bebé en brazos. Le dije quién era y me invitó a entrar.

El pequeño estaba dormido. Era hermoso. Se veía que era de él. Después de un rato lo acostó en una cuna entre nosotras.

Por supuesto, había oído hablar de mí y no tenía ningún motivo para temer que la condenara por nada. Yo no sabía por qué había ido a verla; ella, sin embargo, sí.

–Te esperaba –dijo serena.

–¿Por qué? –le pregunté, como una estúpida.

Sonrió sin responderme. Sus ojos eran muy negros; su mirada, directa. Su sonrisa dejaba adivinar su juventud, tan sólo dos arrugas superficiales se dibujaron en las comisuras de sus labios.

–¿Cómo puedes dormir con el hombre que ha matado a tu padre y a tus hermanos? ¿O no tienes ni uno ni otros?

No sé por qué tuve que hacerle esa pregunta.

–¡Sabía que me lo preguntarías! –me respondió sin sorprenderse.

–¿Te parece extraño? –dije con una sonrisa irónica.

Permaneció en silencio un buen rato mientras mecía la cuna. Finalmente balbuceó, como si la hubiese obligado yo.

–¡Lo amo!

–¡Eso no es suficiente! –le dije con arrogancia. Y me di cuenta de que me estaba erigiendo en juez. Me sentí avergonzada.

–¡Te has ruborizado! –señaló.

Ahora me tocaba responder a mí. Tan simple era. Lo amaba, había transformado su esclavitud en libertad, su amor era más fuerte que su obligación de odiarlo.

–Pero ¡él no te quiere! –le grité–. ¡Me quiere a mí!

–Lo sé –dijo, con la misma serenidad que antes.

–¡Te tirará como una túnica usada en cuanto se canse de ti! Olvidará tu cama, a su hijo. ¡Todo! –continué yo, a pesar de que me sentía cada vez más avergonzada.

–¡No lo comprendes! –me interrumpió, siempre serena–. ¡Soy yo la que lo amo y nadie, ni siquiera él mismo, puede cambiar eso!

Luego me preguntó si quería tomar algo, pero todo mi ser estaba temblando y tenía prisa por salir de allí y así lo hice.

En el camino de regreso a casa, de repente, se me ocurrió que era una pena que no me hubiera dicho su nombre porque entonces habría sabido cómo se llama el amor.

Aunque horas después había vuelto a encontrar mi «yo» habitual y entre ironías y bromas relaté mi encuentro, concluyendo que Alcibíades había encontrado lo que soñaba, una hermosa y estúpida ternera.

–No hay otras –dijo uno de sus asiduos acompañantes bisexuales.

Incluso ahora, después de tantos años, lo pienso y me ruborizo de vergüenza.

*

Nos divertíamos. Toda la ciudad se divertía como nunca antes lo había hecho. Pericles había obligado a los atenienses a vivir para el mañana. Embellecieron la Acrópolis con edificios, construyeron murallas y calzadas, crearon una flota invencible.

Alcibíades, por el contrario, les enseñó a disfrutar del hoy, cosa que tampoco era tan difícil. Las mujeres salieron de los gineceos, los hombres comenzaron a vestirse con esmero. Muchos encargaban pinturas murales, joyas, perfumes. Abrieron nuevos gimnasios y baños y existía un rumor de que los abortos eran cada vez más frecuentes, y esa era la prueba definitiva de que vivíamos al día.

Alcibíades conseguía crear el clima que quería y los atenienses estaban dispuestos a seguirlo como locos a donde fuese. Casi de forma imperceptible había alterado el sentido del juramento que prestaban los efebos cuando entraban al servicio de la ciudad, es decir, proteger la tierra ateniense. Ahora *toda* la tierra se consideraba ateniense y, por supuesto, también la tierra de Sicilia.

Algunos, naturalmente, murmuraban que se trataba de una violación de la constitución. ¿Quién los escuchaba? La gente estaba ocupada con las últimas payasadas de Alcibíades.

En Atenas vivía entonces el pintor Agatarco de Samos. Todos los atenienses ricos corrían a su casa y deseaban hacerle encargos, pero él ni les abría la puerta.

En su juventud había trabajado con Sófocles, decía. Había creado escenografías para el más grande de los trágicos, decía.

En consecuencia, no estaba dispuesto a decorar las salas de banquetes y las alcobas de los ricos.

También Alcibíades había intentado tentarlo con honorarios desorbitados. El viejo movía la cabeza.

–No necesito dinero –decía–. ¡Lo único que necesito es luz!

Alcibíades no se rendía. Hasta que encontró la solución. Ofreció a Agatarco una retribución que incluso un pintor viejo y huraño como él no podía rechazar.

Me ofreció a mí misma.

Mi primera reacción fue decir «no». La segunda fue pensar que me sentiría insultada si era el vejete el que decía «no». Pero no dijo «no». Vino a mi casa pertrechado de pinceles y colores. Alcibíades cerró la puerta con llave y nos dejó solos.

Echó a todos los sirvientes y mantuvo únicamente a una vieja cocinera para que nos preparara la comida.

–¿Me quito la ropa? –pregunté a Agatarco.

–¡Yo te lo diré! –me respondió enojado.

Se pasó largo rato mezclando los colores concienzudamente. Luego fue y se situó en el centro de la habitación y miraba las paredes sin decir una palabra, así que me adormecí unos segundos.

Cuando desperté poco después oí su estridente voz.

–¡No te muevas!

Me enfadé, pero, a pesar de todo, obedecí y permanecí recostada algunas horas. Al poco rato comencé a tener hambre y al mismo tiempo notaba un extraño cansancio, sentía mi cuerpo pesado y la mirada del vejete me obligaba a quedarme clavada en mi asiento.

Lo miraba a los ojos, en cambio él no me veía a mí, sino otra cosa. Por su frente y sus cejas corría un río de sudor, pero no se preocupaba de enjugárselo. En una o dos ocasiones se me acercó lo suficiente como para que temiera que reclamara su paga, pero me equivoqué. Simplemente observaba con labios fruncidos y ojos medio cerrados un punto concreto en mi cuerpo, y luego continuaba su trabajo.

De repente dejó los pinceles. Se frotó los ojos, bostezó.

–Basta por hoy –dijo.

Me moría de curiosidad, quería ver cómo me había pintado. Agatarco cubrió el cuadro con una sábana. Me prometí a mí misma que me levantaría por la noche para verlo cuando él estuviera durmiendo.

Después de una cena ligera con aceitunas, cebolla, pan, carne y vino, me dormí como si hubiese muerto. No vino a mi cama.

Así seguimos durante siete días. Entretanto, el hecho se difundió y cada mañana un montón de curiosos se reunían en la puerta de mi casa, cotilleaban, nos gritaban groserías o trepaban a los cipreses de enfrente, intentando escudriñar en el interior de la habitación donde estábamos.

Agatarco, que tenía muy mala lengua, no se contuvo:

–¡Idos a otra parte a meneárosla! –les gritaba.

–¿Necesitas ayuda, Agatarco? –rebuznaban ellos, y un joven se sacó el pene y se puso a meneárselo.

–¡¿Qué haces con eso?! ¿Lo usas como mondadientes? –gritó mi pintor. Y se ganó la simpatía del público.

Agatarco era realmente rudo, pero jamás tuvo el impulso de acercárseme. Trabajaba desde el primer dorado resplandor del alba hasta la última luz azulada del ocaso. Luego tapaba el cuadro, comíamos algo frugal y cada uno se retiraba a su habitación.

Me sentía exhausta. Agatarco exigía absoluta inmovilidad y maldecía como un marinero al más mínimo movimiento que hiciera. Aunque al mismo tiempo, entregada a su mirada, sentía una profunda satisfacción, una fruición casi erótica.

Nunca había visto antes trabajar a un pintor. Había tratado a decenas de actores, coreutas, cantantes, y su trabajo me parecía un juego. Ahora, en cambio, no tengo la misma opinión.

El trabajo del artista no es un juego, es cuestión de vida o muerte. Agatarco sudaba, blasfemaba, gemía, se mesaba el cabello, tiraba el pincel, se golpeaba la cabeza contra la pared y yo no sabía a qué se debía todo aquello, no veía lo que veía él.

–Ahora puedes verlo –dijo una tarde, y su voz sonaba casi compungida, como si estuviera esperando oír una sentencia de muerte.

–¿Está listo? –le pregunté con reservas. Habíamos pasado juntos una semana entera.

–¿Listo? –Suspiró–. No; pero yo sí. No puedo hacer nada más –añadió profundamente decepcionado.

Acaricié su frente sudorosa. ¿Cómo podía ser tan desgraciado con su obra?

Mi cuerpo resplandecía como un astro lejano y en mi rostro había una sonrisa que no había visto antes jamás.

Sentí un gozo indecible.

–¿Así me ves? –balbuceé–. ¡Cuánto debes amarme!

–¡Eres boba, niña mía! –Soltó una carcajada–. ¡Yo amo lo que puedo pintar, y más aún lo que no puedo pintar!

No supe qué decir.

–Ahora dame un vaso de vino –me dijo casi gentilmente–, y grita: «¡A tu salud!».

Alcibíades llegó corriendo, y con él, entre voces y risas, un grupo de nuevos curiosos. Nada más ver el cuadro quedaron petrificados.

Alcibíades, que siempre era un exagerado, comenzó a llorar y Agatarco salió de la habitación moviendo la cabeza. «¡Gilipollas!», murmuró, como si estuviera hablando solo.

A mí ni me tocó y me preguntaba cómo era posible que me viera de la forma en que me veía sin hacer nada.

–Lo comprendo –dijo después Alcibíades, cuando nos quedamos solos–. Amamos nuestros sueños, pero no podemos hacer el amor con ellos –añadió, y yo deduje que no me veía como un sueño, dado que hacía el amor conmigo a cada rato.

*

Tres años antes del gran desastre de Sicilia nos divertíamos, como queda dicho. Aunque algunos, como Alcibíades, además trabajaban. Nunca antes lo había visto en tan febril actividad.

El ágora era un hervidero de rumores, en la ciudad constantemente se producían conspiraciones, maniobras políticas, caza de votos. Un joven orador había emprendido una campaña sistemática contra Alcibíades reuniendo datos y pruebas, unas serias y otras ridículas, como, por ejemplo, que Alcibíades utilizaba en los banquetes los vasos de las ceremonias rituales de la ciudad.

Subestimar las acusaciones ridículas era tanto como subestimar a los atenienses, que pierden la cabeza por una discusión o una disputa, aunque no tenga base alguna o no lleve a ninguna conclusión. Alcibíades se vio obligado, finalmente, a dar una lección al joven y logró persuadir a los atenienses para que lo desterraran a alguna isla lejana.

La furia de los atenienses era ciega y Sócrates seguía los acontecimientos asqueado.

–Es penoso cuando los asnos comienzan a cantar, y aún más penoso cuando les pedimos que lo hagan –dijo, y tiró al suelo su óstraco, negándose a participar en la votación.

También yo había comenzado a ver la realidad con mayor claridad. En un principio me había cegado el oropel externo de la vida política, los epatantes discursos, las concentraciones entusiastas, las grandes promesas. Después, sin embargo, vi todo lo demás, la mezquindad, los engaños, las traiciones, las promesas olvidadas, las mentiras, las retóricas vacías, el interés personal, las venganzas.

En el taller de Agatarco la vida se veía absolutamente diferente. Me había acostumbrado a visitarlo casi a diario, siempre por la tarde, cuando dejaba de trabajar. No me quedaba con él mucho rato porque se acostaba temprano.

–La noche no tiene ningún sentido para mí. Sin luz no soy nada –decía.

No era vanidoso, aunque se hacía un poco pesado con tanto estar hablando siempre de su colaboración con el gran Sófocles, pero en lo demás trataba a todo el mundo de igual a igual, y sobre todo a sus alumnos, con quienes se relacionaba con mucha bondad y gentileza, casi con respeto.

–El artista joven es como un arbolito –me explicó–. Necesita vientos suaves para no torcerse.

Bebió un trago de vino y me miró con malicia para comprobar si me aburría. Luego continuó.

–Todos hablan de forma solemne y envarada sobre lo que debe aprender un artista joven. Me importa un comino todo eso. A menudo son tonterías o simplemente afán de poder. Engañan a los jóvenes diciéndoles que existen sabios secretos tras los muros de las escuelas y de las academias, y lo único que quieren es controlarlos. No me gustan esas cosas. ¡Lo verdaderamente importante es *«lo que no debe aprender»* un joven!

–No te comprendo...

–No debe ser conformista. No debe aprender a ser adulador. No debe imitar métodos antiguos. No debe pensar en la fama y en la riqueza. No debe emborracharse asiduamente. No debe abusar de los placeres del cuerpo. No debe permitir que se emboten sus sentidos. Debe ser puro y limpio como un riachuelo en primavera.

–Me vas a perdonar, pero a mí me parece todo eso un tanto pretencioso –objeté.

–¿Pretencioso? En absoluto. Es necesario, mi querida Timandra. El gran Sófocles y yo solíamos hablar con frecuencia de estos temas: «Escribo únicamente cuando lo quiere el dios», decía.

–Me parece algo exagerado.

Agatarco guardó silencio y se golpeó el rostro, como si lo hubiese invadido una pena repentina.

–¡Así es nuestra época! –suspiró–. Mediocre, en lo que al alma se refiere; desmesurada, en lo que respecta a la carne. El cerdo que llevamos dentro tiene levantada la mano e impone nuestros límites. ¡Sófocles exagerado! Por supuesto. ¿Y qué otra cosa podía ser? ¿Cómo podría escribir esas tragedias inmortales? ¿Eructando después de la cena? Tensó el arco cuanto pudo y un día se rompió. Siempre existe ese peligro, pero hay que asumirlo. Precisamente es un peligro que no hay que eludir.

Me di cuenta de lo muy alterado que estaba y traté de calmarlo.

–¡Eres un aristócrata, Agatarco! –le dije.

–Ahora, dame un besito y ¡vete con dios!

Ya no estaba enfadado. Me gustó besarlo. Olía a pintura.

Cuando Alcibíades venía a recogerme siempre se enzarzaba discutiendo con el viejo pintor porque le gustaba ponerlo furioso. Y no se necesitaba mucho para hacer que Agatarco se pusiera hecho una fiera.

–¿Nunca has soñado con dominar a otra persona? –le dijo Alcibíades para provocarlo.

–Y tú, ¿no has soñado nunca con dominar un rayo de sol? –le espetó Agatarco.

Alcibíades se echó a reír.

–Estás más loco de lo que pensaba –dijo.

Y vi que por alguna razón se había puesto pálido. Agatarco lo miraba sin reírse.

*

¿Qué había hecho que se alterara su semblante? No dijo una palabra en todo el camino de vuelta a casa. Podría habérselo preguntado, pero no lo hice. Al final acabaría diciéndomelo él mismo porque era un hombre que no tenía secretos, y este era su único punto flaco como líder.

Los líderes verdaderamente fuertes no se fían de nadie. Pericles no tenía amigos de confianza. Alcibíades no era un líder, era un demagogo y utilizaba incluso sus secretos para atraer a la gente.

Por eso esperaba que me lo contara él mismo, y la espera no fue en vano. Aquella misma noche, nada más acostarnos, me preguntó si había observado su reacción cuando Agatarco hizo referencia a los rayos del sol. Moví la cabeza afirmando, contenta, aunque muy cansada, porque, como de costumbre, habíamos bebido en exceso.

–¿No quieres saber por qué? –me preguntó. Y volví a mover la cabeza, dándole la espalda para que no viera mi sonrisa–. Tenía alrededor de siete años –comenzó–. No hacía mucho que había muerto mi padre y no comprendía bien lo que eso significaba. Había entendido literalmente los mitos de que quien muere en combate va a las Islas de los Bienaventurados y decidí ir a buscarlo.

Hizo una pausa para comprobar que estaba escuchando.

–No sabía con seguridad dónde se encontraban las islas, pero un niño de siete años no es un adulto. En algún sitio debían estar y las encontraría. Como sabes, mi maestro era viejo, no era difícil burlarlo y yo lo hice. Era una mañana lluviosa cuando me encaminé al Falero, pues buscaba unas islas.

Yo escuchaba.

–Mi corazón latía a punto de estallar y caminaba deprisa, casi corría. Me encontré con un anciano y lo detuve para preguntarle por el camino más corto a las Islas de los Bienaventurados. La lluvia había arreciado. El viejo se echó a reír. Aún recuerdo sus dientes amarillentos.

»–¿Y qué va a hacer un bello muchacho como tú en las Islas de los Bienaventurados? –me preguntó.

»–Voy a encontrarme con mi padre –le dije.

»–¿Sabe él que vas?

»–No.

»–Entonces las cosas se complican, porque nadie puede ir allí sin ser invitado.

»–¿No me dejarán entrar?

»–Algún día te dejarán, por supuesto, pero hoy no lo creo.

»–Pero ¡he de hablar con mi padre!

»–¡Háblale! ¡Él te escucha!

»Le di las gracias y seguí mi camino sin entender por qué sus ojos tenían lágrimas.

Aquí hizo una nueva pausa para tomar un poco de vino. Apoyé la cabeza en su hombro.

–Un niño de siete años es pequeño, y su resistencia también lo es. Mi paso se hacía cada vez más pesado y finalmente, cuando sólo unos viñedos me separaban del mar, me senté a descansar.

»La lluvia había cesado y en el cielo, de un extremo al otro del horizonte, apareció un velado arcoíris. Las nubes, que eran espesas y plomizas, de pronto se abrieron y una intensa luz cayó sobre mí.

Era evidente que aquel recuerdo seguía alterándolo porque su respiración empezó a entrecortarse.

–Miré a mi alrededor. La luz caía únicamente sobre mí. Todo lo que me rodeaba estaba envuelto en una semipenumbra grisácea; sólo a mí me traspasaba la luz, como si alguien me estuviese señalando con el dedo.

»¿Qué significaba aquello? ¿Que era el elegido por los dioses o el condenado?

»Por muy extraño que parezca, en aquel momento me hice esa pregunta y todavía ahora me la sigo haciendo.

»¿Elegido o maldito?

Comprendía el significado de la pregunta, como también la arrogancia que ocultaba, y se lo habría dicho, pero el momento no era el adecuado para planteamientos moralistas. Y, por otro lado, no era sólo arrogancia; se percibía al mismo tiempo verdadera angustia ante las inmensas posibilidades de la vida.

Era la insoportable conciencia de que la vida se parecía a un mar abierto donde todos los viajes eran posibles, y en alguna medida, este pensamiento era nuevo para nuestro tiempo. No quiero decir que Alcibíades era el único que lo había comprendido, pero en cierto modo, sí fue el único que intentó llevarlo a la práctica.

Sócrates quería conocimiento y virtud. Heráclito creía en el cambio, y los demás optaban por la solución más fácil al tomarse en serio las niñerías de los Olímpicos. Alcibíades no tenía ninguna creencia equivalente que lo guiara. No creía en nada y por eso estaba siempre en estado de precaria ansiedad. Lo compadecía.

–Quizá viste todo eso en un sueño –le dije, acariciándole la frente.

–¡Y aunque así fuera, nada cambiaría! –respondió.

A eso no tuve nada que decir. El vino que habíamos bebido me hacía sentirme pesada y me quedé dormida en el instante preciso en que lo noté penetrarme. Tenía ese sueño pueril, dormirse mientras aún estaba dentro de mí.

No sé si alguna vez lo vio cumplido. Siempre me dormía yo la primera.

*

En la humilde casita de campo en Frigia se durmió él primero. Treinta días y treinta noches en la prisión del sátrapa persa en Sardes lo habían extenuado por completo. Su calabozo era un sótano lleno de agua hasta las rodillas. No podía acostarse y aprendió a dormitar de pie, como un caballo.

Tenía terribles dolores en los pies y en la espalda. No se quejaba. Chapoteaba en el agua hacia delante y hacia atrás y pasaba las horas maquinando cómo podría fugarse. En ningún momento se rindió.

Se portaba cortésmente con sus rudos carceleros y los adulaba, conversando con ellos cuando le daban la ocasión, hasta que uno se enamoró de él.

Alcibíades nunca le pidió ayuda abiertamente. Tan sólo, de cuando en cuando, le sostenía un instante la mirada, eso era todo. El carcelero era un joven de poco más de veinte años, de ojos brillantes y hermosa piel de ámbar. Una noche se acercó y abrió la puerta sin mediar palabra. Tampoco Alcibíades dijo nada.

Fuera de la prisión lo esperaba un caballo. Uno solamente. Alcibíades subió al caballo con la ayuda del joven y entonces le preguntó: «¿Y tú qué harás?». El muchacho nada respondió. Se limitaba a mirarlo, y Alcibíades le dijo que subiera también él. Y así, sobre el mismo caballo salieron de la ciudad.

–Jamás me he sentido más feliz –me había dicho–. Aunque «feliz» no es la palabra, quizá sea más exacto decir que en aquel instante tuve lo que siempre había soñado. El caballo era joven y vigoroso. En mi espalda sentía el pecho del muchacho. Nuestros cuerpos llevaban el mismo ritmo, que, en realidad, era el del caballo. Acabábamos de dejar tras nosotros una absoluta certidumbre y cabalgábamos en pos de una incertidumbre igual de absoluta. Sí; exactamente eso. La marcha de la seguridad a la inseguridad me producía una euforia indecible que quizá pueda ser calificada de «felicidad». Justamente este camino era mío y de nadie más.

El joven salvador de Alcibíades murió poco después en una escaramuza.

–Hasta entonces creía que el amor era un invento lingüístico. Sin embargo, aquel muchacho me enseñó que el amor existe más allá de las palabras –concluyó así su relato.

–Quizá lo que es importante en la vida existe más allá de las palabras –dije.

Pero no estaba segura. Miraba el cuerpo dormido de Alcibíades, veía los últimos reflejos de la lumbre en la copa de vino y me preguntaba si las cosas más importantes de la vida existen, no más allá de las palabras, sino antes.

*

Aquellos treinta días con sus noches en la prisión fueron los más difíciles de su vida. Sin embargo, al mismo tiempo, curiosamente, fueron también los más fáciles. La prisión lo había hecho mucho más fuerte.

–Estaba tranquilo –me dijo–. Por primera vez en mi vida sentía paz interior. El pensamiento de que moriría encerrado allí no arraigaba dentro de mí, no sé por qué. Algunas veces intenté, sin conseguirlo, convencerme a mí mismo de que me esperaba una muerte certera. Me daba risa.

»La situación era tan inverosímil, tan cómica. Yo, el hijo de Clinias y ahijado de Pericles, me encontraba chapoteando como un niño pequeño en el agua sucia del calabozo.

»La vida puede ser una comedia, es cierto, pero la muerte no puede serlo. Estaba absolutamente convencido de que me salvaría y cuando vi el amor en los tímidos párpados del joven carcelero supe cómo. Se demostró que tenía razón.

–¿Y en mí, nunca pensabas? –le pregunté con toda la frialdad de la que fui capaz.

–En ti no hacía falta que pensara –me respondió–. ¡Tú eres mi cuerpo! Cuando me movía de acá para allá, por el agua helada, hacía los mismos gestos que harías tú. Hacía como que me levantaba una túnica inexistente, para que no se mojara, exactamente como habrías hecho tú. ¿Por qué crees que podía reír allí dentro? ¡Porque tú estabas conmigo! ¡También tú estabas allí!

Espero que mi hija lea algún día estas líneas, porque entonces comprenderá que su madre era una mujer afortunada. Me había convertido en su verdadero «yo», porque nuestro auténtico «yo» no se encuentra dentro de nosotros, sino en ese lugar invisible que existe entre dos personas que se aman.

Justo ahí.

El problema es que no vemos ese lugar. Lo cubren las sombras de tantos sueños, de tantos proyectos, tantos espejismos, errores y deseos...

El padre de mi hija tenía abundancia de todos ellos, nunca lograba permanecer fiel a sí mismo más allá de unos breves instantes. Luego cerraba la puerta tras de sí y salía al mundo real y a su falso «yo».

Y yo, ¿qué hacía?

Lo seguía.

*

Me alegraban sus éxitos políticos. Tenía mi casa abierta a todos, amigos y adversarios. Él representaba su papel de maravilla. Vivía la vida que los atenienses soñaban vivir. Ganaba batallas a costa suya y pronunciaba discursos que llegaban a ser tan conocidos como los oráculos de Delfos.

La última historia llegó al ágora desde Patra, donde Alcibíades había comenzado a construir un muro de defensa. Los habitantes de Patra se quejaban y decían que los atenienses se los comerían.

–Con toda seguridad –les dijo–. Pero mientras nosotros os comemos poco a poco y comenzando por los pies, ¡Esparta os tragará de golpe y por la cabeza!

Los de Patra eran tan frívolos como todos los demás griegos. Por una ocurrencia graciosa vendían su alma.

Los espartanos eran los únicos que no se dejaban conmover por retóricas. Para ellos quien hablaba demasiado era un mentiroso, o un loco o ambas cosas. Sin proponérselo, el modo de vida que llevaban era una lamentable crítica de nuestra forma de vivir.

Lo curioso es que los espartanos podían vivir con nosotros, en cambio nosotros no podíamos vivir con ellos. Mientras ellos tenían necesidades pequeñas, las nuestras se hacían cada vez más grandes.

La guerra era inevitable.

–¡En consecuencia, lo mejor que se puede hacer es elegir uno mismo la ocasión! –sostenía el padre de mi hija. Sus ambiciones crecían día tras día y lo mismo el concepto que tenía de sí mismo.

En los Juegos Olímpicos, poco antes de la expedición a Sicilia, participó con siete carros. Tal cosa no había sucedido jamás. Obtuvo los tres primeros puestos.

Los atenienses estaban eufóricos. Incluso Eurípides, que no se distinguía por su buen humor, le dedicó un himno que todavía recuerdo de memoria:

> A ti te canto, hijo de Clinias,
> hermosa la victoria, pero aún mejor lo que ningún
> otro griego ha conseguido:
> ganar el primero, el segundo y el tercer puesto sin esfuerzo
> y ser coronado con una rama de olivo dos veces
> y que el heraldo proclame tres veces tu nombre.

Por supuesto, aquel «sin esfuerzo» dio mucho que hablar. ¿Qué quería decir el poeta? ¿Se refería a que no era el propio Alcibíades el auriga de los carros, o a un pequeño fraude que a los atenienses más bien les había hecho gracia?

El asunto era el siguiente: un comerciante ateniense muy rico, pero más tonto que rico, había oído decir que en Argos había unos caballos espectaculares y un carro extraordinario, construido expresamente para los Juegos. Así pues, pensó comprarlos y, como no tenía amigos en Argos, pidió a Alcibíades que hiciera el trato él. Alcibíades los compró con el dinero del comerciante, pero luego se quedó con los caballos y con el carro.

El comerciante puso el grito en el cielo y lo llevó a juicio, pero lo perdió, porque la mayoría de los atenienses no podían comprender por qué razón no se puede engañar a alguien que anda pidiéndolo a gritos.

Si los dioses hubieran querido que no fuese carne de estafa no lo habrían hecho tan simple, decían.

–Pero ¿Atenas aprueba semejantes estafas? –decían algunos.

–No necesita aprobarlas. Pero, en cualquier caso, se divierte –respondían otros, y se divertían también ellos y más que nadie se divertía Eurípides, que con dos palabras había acaparado todo el protagonismo.

–¡El muy cabrón! –se quejaba Alcibíades–. Ese «sin esfuerzo» únicamente lo necesitaba para el metro, pero no dudó ni un momento en echarme lodo.

–No tenía mala intención –objeté yo.

–¡¿Que no tenía mala intención, ese gruñón?! –gritó–. ¡Los poetas son antropófagos!

Intenté tranquilizarlo, pero siguió:

–Nos roban nuestras hazañas, nuestra vida y nuestra muerte, y componen dáctilos y yambos. ¡Pobre de aquel que no encaje en sus estrofas! ¡Para ellos la realidad más profunda es la palabra exacta! ¡El sueño de su vida es el verso perfecto! ¡Viven la vida de los demás, no la suya!

–Como siempre, estás exagerando. Hasta Sócrates admira a Eurípides.

–No digo que no sea digno de admiración. Simplemente digo que es un caníbal.

Sin embargo, la anécdota se había olvidado enseguida, mientras que su nombre se había oído en todo el mundo griego. En Éfeso levantaron una enorme y lujosísima tienda de campaña dedicada a él; de Quíos enviaron bueyes, ovejas y cabras para los sacrificios; de Lesbos llegó un gran cargamento de ánforas con el mejor vino de la isla; comerciantes ricos lo obsequiaban con bellos muchachos y doncellas, y la felicidad habría sido completa de no haberse enamorado de Gnatón, un joven de la agreste Arcadia, de apenas quince años.

Gnatón había participado también en los Juegos y había vencido en el pugilato infantil. Era fuerte, veloz y bello. Alcibíades le andaba rondando, pese a que, como joven campeón, estaba celosamente guardado por su padre y por su entrenador. Alcibíades no lograba ni cruzar dos palabras con él, y no sólo porque lo protegían los suyos, sino más a causa de ese sentido que a veces nos sorprende a todos.

Gnatón era indiferente por completo. Lo consideraba tan sólo como uno más de los muchos que merodeaban a su alrededor, jadeando, como perros.

Alcibíades lo miraba cuando su entrenador le untaba aceite en el cuerpo y cada músculo se aflojaba automáticamente, mientras el muchacho parecía sumergido en un sueño. Alcibíades conocía bien ese sueño; lo había vivido él mismo. Era el sueño de Narciso, y no hay nadie que pueda seducir a un Narciso.

Por la noche cuando vino a mi cama me dijo:

–Necesitamos a los poetas. Son antropófagos, pero los necesitamos, porque hay momentos que necesitamos la palabra adecuada.

Comprendí que estaba enamorado.

*

Los atenienses más prudentes hacían cuanto podían por impedir la expedición a Sicilia. Incluso Sócrates llegó a decir que su *daimon*, esa voz interior que lo guiaba, lo había prevenido sobre las consecuencias.

El astrónomo Metón, al que todos valoraban y respetaban porque era el inventor de nuestro calendario, dividiendo el año en trescientos sesenta y cinco días, incendió su propia casa para salvar a su hijo.

¿Qué tenía que ver una cosa con otra? Existía una ley según la cual si los padres podían demostrar que tenían absoluta necesidad de sus hijos, estos se libraban de la milicia. Metón prendió fuego a su casa, pero su hijo no se libró.

Mucha gente escuchaba a Alcibíades. Se reunían a su alrededor como abejas, y él trazaba un mapa en la arena explicándoles que, si se apoderaban de Sicilia, seguidamente caería la rica Cartago, que estaba al lado.

En aquella época vivía en Atenas Timón el misántropo, que despreciaba tanto a sus conciudadanos que rara vez salía de casa, y no tenía ningún amigo. Las pocas veces que salía, si se encontraba con alguien, se cambiaba al otro lado de la calle.

En una de sus contadas salidas, se tropezó con Alcibíades, que iba acompañado de su habitual corte de aduladores, seguidores, aspirantes a amantes y examantes. Todos esperaban que Timón se cambiara de acera. Se equivocaron. Timón estaba esperando a que Alcibíades se acercara, luego, lo miró directo a los ojos, se rascó la barba, escupió ostensiblemente en el suelo y le dijo con voz estentórea:

–¡Sigue así, jovencito, cuanto más poderoso seas, más daño les harás!

La «cola» de Alcibíades lo abucheó con insultos, blasfemias y chistes baratos.

–Ve a darte un baño, Timón, y no te olvides de lavarte también la cabeza por dentro.

Y cosas parecidas.

Timón no respondió. Siguió su camino sin inmutarse, cabizbajo para no verlos. Que olía mal es un hecho, pero sus palabras inquietaron a Alcibíades, porque como todos los hombres taimados, confiaba más en quienes no lo soportaban.

Poco después y tras unas copas de vino, se había olvidado de Timón y de sus palabras, y continuaba su discurso sobre la expedición a Sicilia, convencido de que era la oportunidad de su vida, la ocasión de hacer sombra a todos los estrategas, políticos y oradores.

Pocos días antes, el gran pintor Aristofonte había terminado una obra gigantesca en la Acrópolis. El cuadro representaba diferentes escenas de Homero, entre otras, aquel hermoso instante en que Aquiles, vestido de doncella, está bordando con otras jóvenes en Esciro, la isla en la que lo había ocultado su madre para librarlo de su destino.

Confío en que la familia que cuida de mi hija le enseñe nuestros mitos, nuestras historias, nuestras canciones. Eso es lo que queda de nuestra existencia, una historia.

Del futuro no nos ocupamos, el presente no lo comprendemos. Lo único que podemos comprender y amar es el pasado.

Pero lo que yo quería decir era otra cosa: que Aristofonte había representado sólo héroes de Homero, con la única excepción de Alcibíades, el padre de mi hija, al que había pintado sentado en el regazo de Nemea, en donde siendo muy joven había obtenido su primera victoria en las carreras de carros.

Los atenienses se entusiasmaron, y corrían a la pinacoteca de la Acrópolis para admirar la obra maestra de Aristofonte y solazarse con la belleza del joven Alcibíades, que les hacía sentirse a sí mismos un poco más bellos, un poco más jóvenes, menos mortales.

Por supuesto, no faltaban agoreros que murmuraban y acusaban a Aristofonte de impiedad y sacrilegio, haciendo que el hecho resultara aún más atractivo para el resto de los atenienses, que se volvían locos por un escándalo. Y he de confesar que los comprendo.

Únicamente una ciudad desarrollada y democrática tiene escándalos. Los bárbaros no tienen escándalos y los tiranos, tampoco. La democracia tiene su precio.

¿Cuántas veces he oído a políticos desencantados lamentarse de la incoherencia de la gente? ¿Cuántas veces he oído cuchicheos de que ya es hora de que surja un líder fuerte?

Por supuesto, teníamos líderes fuertes, pero nunca duraban mucho. El bocazas de mi buen amigo Teodoro, a quien le traía completamente sin cuidado cualquier forma de poder me había dicho en una ocasión:

–El problema de nuestros políticos es que tienen que gobernarnos como nosotros decidimos. Esto únicamente Alcibíades lo ha comprendido.

Me reí –recuerdo–, como me reí después cuando referí las palabras de Teodoro a Alcibíades, que se sintió halagado y aterrorizado, al mismo tiempo.

–Si Teodoro está en lo cierto, en ese caso el poder no es más que una quimera.

–¡Al menos, en Atenas! –completé yo, echando leña al fuego.

Nos fuimos a la cama. Alcibíades no podía dormir. Se levantó y salió fuera. No me preocupé; con frecuencia sufría de insomnio.

Cuando desperté por la mañana, me enteré de la noticia por Roxana. La ciudad era un hervidero. Las *hermas* que adornaban las calles estaban mutiladas, todas, excepto una.

La de la puerta de mi casa.

A las pocas horas todos habían proclamado a Alcibíades y a sus amigos responsables del blasfemo y sacrílego delito. La terrible cólera de los atenienses había despertado.

*

Alcibíades había peleado duramente por la expedición. Tuvo que enfrentarse, entre otros, a Nicias, un general que jamás había sufrido una derrota y que gozaba del aprecio de los atenienses por su moderación y su forma prudente de hacer la guerra. Nicias no sacrificaba hombres por nada. No veía nada bueno en la expedición. La ciudad estaba muy debilitada, después de tantos años de guerra y de la terrible peste que le sobrevino, y que segó casi cuatro mil vidas. Muchos seguían aún enfermos.

Nicias no quería la guerra, y tras perseverantes negociaciones con los espartanos había conseguido firmar un acuerdo de paz, que en Atenas recibió su nombre.

–Diez años llevaba nuestra ciudad desangrándose en una guerra que se conocerá como «la Paz de Nicias» –decía sarcásticamente Alcibíades, que no se quedaría tranquilo hasta verla revocada.

Recuerdo casi de memoria los términos de la paz. La estela en la que había sido grabado el acuerdo estaba colocada en la Acrópolis y la gente la llamaba «La Estela de los lacedemonios». Aquella estela era para Alcibíades lo que Egina había sido para Pericles, una mota en el ojo.

«Un día la quitaré de allí», solía decir. Pero, realmente, los acuerdos no eran desfavorables para los atenienses. En general, no eran desfavorables para nadie, salvo para las ciudades pequeñas, que Atenas y Esparta se repartían entre sí, como si fueran un rebaño de cabras. A fin de cuentas, era mejor una paz costosa que una guerra costosa.

Las condiciones de la paz aseguraban a todos los atenienses el derecho a viajar libremente por tierra y por mar y a visitar sus santuarios. La ciudad de Delfos permanecería independiente y neutral. El acuerdo tendría una validez de diez años, renovándose anualmente. Los prisioneros de guerra serían devueltos.

Nicias hacía lo que podía para que todos la consideraran respetable, pero, aun así, Alcibíades se las ingenió para que perdiera su sentido, hasta que los atenienses añadieron a La Estela de los lacedemonios aquellas funestas palabras: «Los lacedemonios no han respetado sus juramentos».

Aquella noche Alcibíades estaba como ebrio. Nunca antes lo había visto con ese talante.

–¡La Paz de Nicias! La hemos escrito... –Reía dando vueltas de acá para allá en nuestra alcoba–. ¡A los generales los recordamos por sus victorias, no por paces putrefactas!

Yo lo miraba con asco y admiración. Acababa de cumplir treinta años, no tenía ni una sola cana, su piel era suave y carecía de arrugas y en breve tomaría en sus manos el destino de Atenas, con el único propósito de borrar a todos los demás de su recuerdo.

Aquella noche tuvo que volver a conquistarme, y lo consiguió. Como consiguió refutar los sólidos argumentos de Nicias en contra de la expedición, cuando el asunto se presentó al más alto órgano de Atenas, es decir, al pueblo, es decir, a cada ciudadano, es decir, «a la fiesta de los asnos», en palabras de Sócrates.

Alcibíades ofreció una muy buena representación. Se presentó ante el pueblo solo, aunque no estaba solo en modo alguno. Todo lo contrario, tenía tras él a un gran grupo de amigos y seguidores, a los que capitaneaba el loco Teodoro, no mi amigo el matemático, sino un apuesto joven que en un abrir y cerrar de ojos había violado todas las leyes escritas y no escritas.

El padre de Teodoro era un terrateniente adinerado que había perdido al resto de sus hijos en la guerra, así que gastaba todo su dinero y su amor en su único heredero, que tenía todo lo que se puede pedir a los dioses, menos eso que los dioses consideran que es nuestro deber adquirir por nosotros mismos, es decir, un alma.

Teodoro no era cruel, en el sentido habitual de este término, era una persona sin corazón, como un pozo sin fondo, como un instrumento musical sin sonido. Casi siempre se estaba riendo, hablaba mucho y gozaba de gran vitalidad. Iba de cama en cama, como un tarambana, y volvía locos de celos a sus diferentes amantes. Uno se quejó un día a Sócrates.

–Su cuerpo me parece como sucio cuando vuelve a casa a las tres de la mañana –suspiró el amante.

–Por fortuna eres bueno, y lo limpias con friegas –dijo Sócrates, con ironía.

–Sócrates, ¿nunca has sentido celos?

–Los celos y el amor son la misma enfermedad, amigo mío. Con preferencia se ceba en hombres viejos y en gorrinos pequeños, que quieren estar continuamente restregándose uno con otro.

–¿Cómo hablas así? ¿Es que no te has enamorado nunca?

–Yo siempre estoy enamorado. Y por supuesto, diría que felizmente –respondió Sócrates.

–¿De quién? –preguntó el otro, como una chismosa ama de casa.

–¡De quien nos ofrece el más grande, el más duradero y el más sereno y dichoso amor!

–¡Pues dime su nombre, venga! ¡Me muero de curiosidad!

–Del *logos*, amigo mío, del *logos* –dijo Sócrates. Y continuó su paseo, mientras el celoso amante de Teodoro lo miraba hecho una furia.

Pues bien, este Teodoro era el cabecilla de la «cola» de Alcibíades en las gradas. Nicias lo reconoció en el acto, en cuanto subió a la tribuna para defender su paz.

No era un orador brillante sino más bien bastante aburrido, pero era sensato y todos lo valoraban. Su discurso era moderado, además tenía la razón de su parte, cosa que no siempre es indiferente del todo. Los atenienses lo escuchaban con atención.

Nicias expuso su punto de vista. Una expedición contra Sicilia entrañaba más peligros que beneficios. Atenas estaba exhausta. Una derrota en suelo extranjero donde estás rodeado de enemigos es muy diferente a una derrota en Grecia, donde siempre puedes confiar en algún apoyo.

A continuación, desarrolló una teoría inteligente: que Sicilia los temería más cuanto menos los viera. Recuerdo exactamente lo que dijo: «La mejor forma de hacer que los griegos de Sicilia nos tengan miedo es no ir allí. La siguiente mejor forma, es ir, mostrarles nuestra fuerza y marcharnos. Todos saben que el miedo se magnifica con la distancia. En cuanto a nuestra gloria, no necesitamos poner a prueba lo grande que es».

Nicias continuó diciendo, sin mencionar nombres, que algunos intentaban engatusar a los atenienses para que llevaran a cabo la expedición, en su propio provecho, a fin de poder seguir manteniendo su vida dispendiosa con carreras de carros y grandes banquetes. Por último se dirigió a los de más edad de la asamblea y les recomendó que no se dejaran arrastrar por el entusiasmo de los jóvenes.

Bajó de la tribuna entre aplausos. En cualquier caso, había cometido un montón de errores.

En primer lugar, se había empleado a fondo en los peligros, y los atenienses perdían la cabeza por las empresas arriesgadas.

En segundo lugar, había dejado entrever que Alcibíades podía estar engañándolos. Esto era imperdonable –no que Alcibíades pudiese engañarlos, sino que Nicias lo creyera.

En tercer lugar, había expuesto la teoría sobre la fama a distancia: «Pese a que nadie nos conoce, somos conocidos», ironizaban los atenienses, y escupían todo lo lejos que podían.

En cuarto lugar, había intentado enfrentar a los viejos con los jóvenes, en una ciudad en la que casi todos los desdentados estaban enamorados de un mancebo.

Alcibíades no necesitaba argumentar contra Nicias. La vanidad y las pasiones de los atenienses estaban de su parte, y cuando subió a la tribuna ya había vencido. Lo único que tenía que hacer era jugar bien el juego democrático.

La asamblea votó por amplia mayoría a favor de la expedición. El tarambana de Teodoro, por supuesto, no podía contenerse. Se levantó de su asiento y comenzó a gritar como un actor:

–¡Tiembla, Sicilia! ¡Tiembla!

Al mismo tiempo se movía con esos movimientos que conocemos, y los atenienses comenzaron a gritar al unísono. Nicias comprendió que el juego estaba perdido. Su paz, que debería durar cincuenta años, no llegaría a cumplir cinco, y decidió subir de nuevo a la tribuna.

Inmediatamente comenzó a enumerar todos los preparativos que consideraba necesarios, confiando en que los atenienses vacilarían ante tan monstruosos gastos. Pero también se equivocó en esto.

Los atenienses le agradecieron sus buenos consejos y lo nombraron general. Nicias no podía negarse. Dio, a su vez, las gracias a los atenienses, y les prometió que, junto con los otros dos generales, Alcibíades y Lámaco, haría lo que fuese posible y, sobre todo, lo que fuese necesario.

Así sucede siempre. El vencedor hace lo que quiere; el vencido, lo que debe.

*

Alcibíades se entregó en cuerpo y alma a los preparativos de la expedición, que realmente eran ingentes.

Nicias siempre quería tener clara superioridad en todo, tanto en material como en hombres, y nunca entraba en combate si no estaba seguro de que vencería. Esta era la clave de su estrategia.

Como general, resultaba mediocre, en cambio era un organizador excepcional. El segundo estratega, Lámaco, era un soldado valiente, pero un general de poca talla, además de fanfarrón, y Aristófanes con frecuencia se burlaba de él en sus comedias.

Alcibíades era un organizador lamentable, pero buen soldado y brillante estratega.

Los atenienses creían, por tanto, que habían encontrado la mejor síntesis de previsión, arrojo e imaginación. Se felicitaban a sí mismos por su madurez política y estaban tan seguros de la conquista de Sicilia que comenzaron a pelearse por lo que cada uno conseguiría de botín.

(¿Por qué el paréntesis? He debido quedarme dormida. De repente, como cuando era niña. ¿Los tutores de mi hija le habrán hablado de Endimión, el todopoderoso y dulce dios del sueño?

En fin, un paréntesis, y me pregunto cuál es el auténtico paréntesis ¿el sueño o la vida?

¿Es la vida un sueño? ¿Es el sueño una vida?

En los breves instantes en que he estado dormida he soñado muchas cosas. Soñaba y lloraba y me había reconciliado con todos y con todo.

Han sido sueños hermosos, y cuando he despertado de nuevo en mi mundo desierto, quería regresar a mis sueños. He querido vivir mi vida dentro de este inciso, pero aquí termina.)

Como he dicho, Alcibíades trabajaba día y noche, y por primera vez en su vida estaba concentrado y sereno.

Los atenienses no necesitaban más de dos meses para prepararse. Se fijó la fecha de la partida, y de repente comenzaron a suceder cosas extrañas.

Se acercaban las fiestas Adonias, que es la gran festividad de las mujeres. Quizás algunos no conozcan el mito, por eso haré una breve descripción, y digo intencionadamente que lo referiré porque no puedo contarlo. Ya no es posible contar un mito.

Se trata de una historia de amor, celos y, de nuevo, amor. Adonis era un joven apuesto, y Afrodita se enamoró de él. Ares, el dios de la guerra, que la amaba, acechó un día a Adonis cuando estaba cazando y lo mató, adoptando la forma de un jabalí. Donde se vertió la sangre de Adonis brotaron hermosas flores rojas, amapolas.

Afrodita estaba desconsolada, de modo que Adonis obtuvo permiso del soberano del Inframundo para subir a la Tierra dos días al año, días que pasa junto a su amada. Luego, desciende de nuevo al Tártaro.

De este mito se pueden aprender muchas cosas. Como también se puede no aprender ninguna. Eso no es de mi incumbencia; yo no soy Sócrates, no tengo que llegar a ninguna conclusión.

En cualquier caso, es fácil comprender por qué las Adonias son las fiestas de las mujeres. El primer día, en distintos lugares, dentro de la ciudad y en sus alrededores, entierran estatuillas de arcilla, que representan a sus seres queridos ya difuntos. Plañen y cantan trenos.

El segundo día desentierran las estatuillas. Es el día de la resurrección, y su júbilo no tiene límites. Toda la ciudad participa, lo que significa que ciertos pequeños escándalos sean inevitables. Todos los años hay quien al día siguiente despierta en lecho equivocado.

Pero en esta ocasión sucedió algo mucho más serio. Las estatuillas se encontraron desenterradas y rotas. La fiesta se suspendió.

¿Quiénes eran tan arrogantes, tan terriblemente ateos para hacer algo así?

La ciudad se conmocionó y muchos pedían el aplazamiento de la partida de la flota hasta que las cosas se aclararan.

Un día después, llegó el siguiente golpe, la mutilación de las cabezas de Hermes. Fue la noche en que Alcibíades abandonó mi cama, descorazonado con el pensamiento de que el poder era una quimera.

¿Era él el culpable? ¿Él y sus amigos?

Yo sé que se burlaban de los Misterios Órficos, sobre todo cuando estaban muy borrachos, y Alcibíades hacía de sumo sacerdote mientras Teodoro sostenía la antorcha. Los demás se limitaban a reírse.

Pero no sé nada más, como tampoco conozco el contenido de los misterios.

¿Realmente fue Alcibíades responsable? ¿Y por qué iba a hacer algo así?

Sus enemigos no tardaron en sacar provecho de la indignación popular. Dieron con testigos –en Atenas siempre era muy fácil encontrar testigos para cualquier cosa–, que estuvieron dispuestos a arriesgar su honra y su hacienda con una denuncia por escrito contra Alcibíades.

Alcibíades no tenía sólo enemigos, tenía también amigos, sobre todo en el ejército, una parte del cual amenazaba con desertar en caso de que fuera condenado. Pero él quiso demostrar su inocencia de una vez por todas, e insistió en que se celebrara el juicio.

Sus enemigos comprendieron que un tribunal que se atreviera a condenarlo no existía ni en sueños, así que propusieron que zarpara la flota y que el asunto se dilucidara más tarde.

Alcibíades se daba cuenta de cuáles eran sus planes secretos, pero no podía quedarse, Sicilia lo aguardaba.

Antes he contado lo importante que fue aquel día para la ciudad, para Alcibíades y para mí misma.

Él izó las velas mientras yo permanecía en segundo plano y observaba, y, cuando dejé de verlo, seguía viendo su escudo dorado brillar al sol y sabía que en él había un rostro.

Mi rostro.

*

Partió un gran ejército. Volvieron sólo despojos. Ninguno de nosotros lo imaginaba. Más de cien trirremes, alrededor de cinco mil hombres y además destacamentos aliados que se sumarían en ruta garantizaban que todo iría bien.

Pero todo fue mal.

Alcibíades había llegado todo lo alto que puede subir un ateniense. El pueblo le había otorgado poder absoluto, una distinción poco habitual.

Tenía a sus órdenes un ejército bien armado y entregado, y él mismo estaba, como había aclarado en la asamblea, en la flor de la juventud.

Sin embargo, tras él había dejado en la ciudad enemigos conjurados que no se quedarían tranquilos hasta deponerlo.

Las primeras noticias de la expedición fueron buenas. Alcibíades había tomado Regio, la opulenta ciudad frente a Sicilia, y luego había continuado hasta Catania, que cayó pronto y sin resistencia.

Ese fue el momento que sus enemigos eligieron. La historia de la mutilación de las cabezas de Hermes se reavivó, se encontraron nuevos testigos, se difundió el bulo de que tenía intención de abolir la democracia.

En la medida de mis posibilidades, intentaba contrarrestar a aquella gentuza malintencionada. Todos los días reunía en mi casa a atenienses influyentes, pedía y suplicaba y me hacían promesas, pero la avalancha había comenzado a rodar y el único que podría detenerla era Alcibíades.

Sócrates movía la cabeza.

–Ahora huelen sangre. No hay posibilidad de que lo declaren inocente.

La *Salaminia* fue a buscarlo para traerlo a juicio. En vano. Alcibíades había desaparecido con su trirreme y algunos hombres fieles. «Se ha convertido en un mero delincuente», decían los atenienses, y lo condenaron a muerte, pese a que las pruebas eran manifiestamente falsas.

–¿Cómo puedes estar seguro de que fueron Alcibíades y sus amigos? –preguntaron los jueces al testigo principal.

–¡Los vi con mis propios ojos!

–Pero era de noche.

–Sin embargo, había luna llena.

Todos se echaron a reír, incluso los jueces, porque la mutilación tuvo lugar la última noche del mes, en que la luna casi no se ve.

Pero en esencia no cambió nada. Sócrates tenía razón, los atenienses olían sangre y lo condenaron a muerte en ausencia y a la confiscación de sus bienes, un golpe terrible para su mujer y sus hijos.

Y no se conformaron con eso. Lo castigaron, además, más allá de la muerte. El tribunal recomendó a los sacerdotes y a las sacerdotisas de la ciudad, en realidad les ordenó, que lo anatematizaran y lo declararan maldito.

Tan sólo una sacerdotisa, Teanó –escribo su nombre para que no se olvide–, se negó a obedecer.

–Mi deber es orar a los dioses, no maldecir a los hombres –afirmó.

Y Sócrates decía en el ágora que los atenienses eran afortunados porque al final siempre se encontraba a alguien que salvaba la dignidad de todos.

Todos los demás, sin embargo, obedecieron y durante un día entero estuve oyendo maldiciones y anatemas: que muriera y se pudriera en tierra extraña, que sufriera todas las enfermedades y males del mundo, que fuera pasto de los cuervos.

Sentí pánico. Aquellas palabras que eran más densas que el incienso que las acompañaba me parecían más inexorables que el destino. Hice lo imposible por ponerme en contacto con él, aunque no sabía dónde se encontraba. Lo único que sabía era lo que había difundido el capitán de la *Salaminia*, quien aseguraba haber capturado a uno de los fieles de Alcibíades.

–¿Por qué no viene a juicio? ¿No tiene confianza en su ciudad? –había preguntado, supuestamente, el navarca al prisionero, y él había dicho que Alcibíades no se fiaba ni de su madre, pues incluso ella podía confundir la bola blanca con la negra.

Más tarde se oyó decir que en cuanto tuvo noticia de su condena volvió el rostro en dirección a Atenas y gritó:

–¿Piensan que basta con una condena a muerte? ¡Les demostraré que sigo vivo!

Y lo demostró, aunque nadie lo esperaba.

El día que fueron incautados sus bienes fui a ver a Hipareta. Había envejecido. Sus cabellos eran grises, y su rostro, antaño tan altivo y luminoso, parecía una máscara de amargura.

Sin embargo, seguía siendo hermosa, con fina cintura, anchas caderas y acusada femineidad. ¿Qué más podía pedir un hombre?

Su desgracia era que Alcibíades no buscaba nada en ella. La dejó vacía, como una tierra sin cultivar, y ella en ese momento lo odiaba. Justamente en ese momento yo estuve más cerca de Hipareta y mi abrazo fue sincero. Ella no lo correspondió.

–¡Es tiempo de olvidar! –le dije.

Me miraba como si no comprendiera lo que le estaba diciendo. Luego volvió la cara y vi que su cuerpo temblaba.

–¡Ya nada tengo! –balbució–. ¡Ni siquiera algo que olvidar!

No supe qué responder. Le había destrozado la vida e intentaba tranquilizar mi conciencia ocultándome tras la desgracia que había hecho blanco en el hombre que ambas amábamos.

Los niños estaban pegados a ella. El más pequeño era igual que su padre y en el fondo de su mirada percibía esa sonrisa etérea de Alcibíades, una sonrisa que no iba dirigida a su interlocutor, sino a alguna otra cosa, al sueño que cada hombre guardaba dentro de sí.

En otras palabras, una sonrisa más peligrosa que el fuego.

–¿Crees que aún sigue vivo? –le pegunté.

–Sé que está vivo –me respondió.

–¿Cómo lo sabes? –le volví a preguntar, con una espina de celos en mi interior.

Esta vez no esquivó mi mirada. Un leve rubor asomó en su mejilla derecha, como una marca.

–Lo sé –dijo– porque soy yo la que ha de morir primero.

Nunca me han gustado las mujeres histéricas, pero Hipareta no se había puesto histérica. Más bien todo lo contrario, estaba inquietantemente serena, como el mar antes de la tempestad.

Ladeé la cabeza simulando que me arreglaba el peplo, cuando, en realidad, estaba intentando ocultar las lágrimas. Sí; también yo estaba segura de que ella moriría antes y en ese momento me sentía absolutamente culpable por ello.

¿Cómo no iba a sentirme así?

Responsabilidad y conciencia de culpabilidad eran las conclusiones de un razonamiento que jamás se podía demostrar. No podemos volver a vivir nuestra vida desde el principio, no podemos cambiarla, no podemos cruzar dos veces el mismo río, como decía Heráclito, porque, entretanto, ha cambiado.

Y sin embargo no podía dejar de sentirme responsable. Exigía una libertad que no tenía, únicamente para sentarme en el banquillo del acusado. Ni mi libertad ni mi responsabilidad existían, pero yo las sentía a las dos.

¿Dónde radicaba la auténtica libertad? En la moderación, respondía Sócrates. En el amor verdadero, afirmaban los poetas. En un poco de todo, enseñaban los sofistas. Una única respuesta no me satisfacía.

Una nueva conciencia, la conciencia de lo absurdo de nuestra vida, comenzó a tomar cuerpo dentro de mí. No era libre, y, por tanto, no era responsable. Sencillamente no podía vivir sin libertad y sin responsabilidad.

Me veía obligada a exigir mi libertad y a tomar conciencia de mi responsabilidad porque sólo así podía vivir con los demás.

Me veía obligada a vivir con un axioma equivocado, de lo contrario mi vida sería imposible.

Concentré mis reflexiones, abracé a Hipareta y acaricié los cabellos del niño. Él me cogió la mano y, al besarla, me mordió el dedo meñique.

Su madre no se dio cuenta de nada.

*

Volví a casa repleta de reflexiones pendientes y emociones ambiguas. Sentía pena por Hipareta, lloraba por Alcibíades y por mí misma.

En casa me esperaba una carta. Un hombre que no quiso decir su nombre se la había entregado a Roxana. Ella lo había invitado a cenar con nosotras, pero no aceptó.

Cogí la carta, me tumbé en la cama y pedí a Roxana que me trajera un poco de vino. Luego me quedé sola con la carta. Incluso ahora la tengo conmigo.

Alcibíades, hijo de Clinias, a Timandra, hija de Teodoti.

> Mi querida Timandra:
>
> Sigo vivo. Mis compatriotas enviaron la *Salaminia* para conducirme a una muerte segura, pero los burlé. Con algunos hombres fieles hui al Peloponeso y llegué a Argos, donde siempre he tenido amigos.
>
> Desde Argos mandé recado a Esparta. ¿Querían los espartanos mis servicios? Estaba dispuesto a remediar todo el daño que

les había ocasionado a lo largo de la guerra y podía indicarles una forma rápida de acabar con Atenas y con los atenienses.

Sabía que los espartanos no confían en un traidor, pero sabía también que lo necesitaban. En política el propio provecho es siempre lo primero. Los políticos son como camaleones; pueden adoptar el color que quieren excepto el blanco.

No voy a cansarte detallándote los consejos que di a los espartanos, por otra parte, no tardarás en ser testigo de sus consecuencias. Te escribo única y exclusivamente porque tú has estado más cerca de mí que cualquier otra persona, algunas veces, incluso más cerca que yo mismo.

Esparta es una ciudad pequeña, y contrariamente a lo que había oído, es muy bonita. Sus alrededores son impresionantes y, al mismo tiempo, paradisiacos. Altas montañas pobladas de árboles y un río caudaloso de aguas limpias y frías. La ciudad no tiene murallas y la vista puede viajar libre hasta donde llega la luz.

Los espartanos viven con sencillez, como ya sabía. Lo que no sabía era lo pronto que me acostumbraría al caldo negro y al pan duro. Realmente, no echo de menos a mi cocinero. Los espartanos no dan crédito a sus ojos al ver mi transformación.

Te lo aseguro, no añoro la opulencia ateniense. Hago mucho ejercicio, como poco y duermo menos aún que antes. Me despierto ligero y me meto en el río con todos los demás.

Siempre intentan adelantarme nadando, sobre todo un joven que se llama Lisandro. Sin embargo, aún no lo han conseguido, cosa que los tiene completamente desconcertados.

Lo que me sorprende es lo poco que sabemos los unos de los otros. En Atenas imaginamos que la vida en Esparta es triste, y en Esparta imaginan que la vida en Atenas es un ir y venir de banquete en banquete.

Nos menospreciamos los unos a los otros por cosas que realmente no son como creemos. Juntos podríamos conquistar el mundo. Pero ¿quién nos unirá? No seré yo; lo sé. Ni tampoco Lisandro. Lo nombro a él porque dentro de poco va a asumir el mando del ejército. Es fuerte, inteligente y voluntarioso. Por ahora me admira, pero no tardará en odiarme. Esta es la trayectoria habitual.

Te diré algo más sobre la ciudad. El ágora está construida con esmero y decorada con estatuas de dioses y héroes, en piedra, bronce y madera.

Los espartanos tributan culto a los héroes y son muy piadosos, lo que a veces tiene curiosas consecuencias. Por ejemplo, el rey Agis se ha casado hace poco tiempo con una mujer muy hermosa que, según se dice, procede de la estirpe de la bella Helena.

La noche de bodas, en el momento en que Agis entraba en la alcoba donde lo estaba esperando la joven reina, toda Esparta fue sacudida por un terremoto. Agis lo consideró un mal presagio y dejó plantada a su mujer. Tardó meses en ir a su cama.

De modo que lo que sucedió, por desgracia, fue inevitable, yo no podía dejarla sola y abandonada. Quedó embarazada casi a la primera, y confieso que la idea de que un hijo mío, si fuese varón, llegase un día a ser rey de Esparta me divertía de forma especial.

Por supuesto, Agis no veía la gracia del asunto, y teníamos además otros problemas, porque la reina estaba tan enamorada que cuando el niño nació, le puso mi nombre, mientras que los demás lo llamaban de otra forma.

De todos modos, confieso que Agis me cae simpático. Hay algo sublime en la idea de que los dioses provocaran un terremoto en todo el país únicamente para impedirle que se acostara en el lecho del amor.

No sé si existe un ateniense que pueda tomarse a sí mismo tan en serio. La gente aquí es adusta. Todo es serio, las relaciones entre ellos, su relación con los dioses, los enemigos, ellos mismos.

En cierto modo, me siento tentado a decir que el peso específico de la rudeza espartana radica en la falta de sentido del humor. Aquí las personas viven sin espejos.

Al mismo tiempo, he de decir que resulta muy cómodo vivir con hombres cuyas palabras tienen un significado unívoco.

Al principio sentía pánico, privado, como estaba, de los equívocos del lenguaje ateniense, los escollos, las ironías, las conclusiones paradójicas, los pensamientos inesperados, los juegos de palabras.

Sin la permanente contraposición de las diferentes teorías filosóficas, religiosas y mitológicas, me sentía vacío por dentro. Poco a poco me voy acostumbrando. Mi vocabulario se ha empobrecido considerablemente, me limito a doscientas o trescientas palabras, las que son imprescindibles, inevitables.

Todas las demás son un despilfarro. Por eso los espartanos hablan poco. Viven una vida basada en lo necesario. Cualquier otra cosa de más es lujo, melindres, sofisticaciones.

La vida es un asunto serio y la muerte, inevitable. Entre la seriedad y lo inevitable pasan la vida con la cabeza alta, bien rasurados y fieles al deber.

También yo me he afeitado. Me dolía, pero me daba vergüenza no hacerlo.

Los espartanos no comprenden a alguien que quiera ser diferente. Comportamiento decoroso significa aquí conducirte como todos los demás. Aunque, de una forma misteriosa, consiguen conservar su personalidad.

Se parecen unos a otros, y a la vez cada uno es independiente. En Atenas no podemos entender esto, porque somos diferentes los unos de los otros, aunque cada uno de nosotros es menos independiente. La guerra nos lo ha demostrado muchas veces. Mil atenienses valen tanto como mil espartanos. Un espartano solo vale por tres o cuatro atenienses.

Nosotros tenemos mejores generales, pero ellos tienen mejores hoplitas. Y al final nos vencerán. Los hoplitas han ganado todas las guerras, con un buen mando simplemente la victoria llega más deprisa.

Suelo ir a observar los juegos bélicos de los jóvenes en un lugar que se llama *Platanistás*, sencillamente porque tiene muchos plátanos. (En Atenas, por supuesto, alguien los habría convertido en madera hace tiempo.)

Platanistás es un islote en medio del río. Está unido a la orilla por dos puentes colgantes. Los jóvenes pasan a la isla en grupos.

Los puentes colgantes se retiran. Nadie puede escapar de allí si no es a nado en aguas turbulentas.

El entrenador da la señal con la flauta y los diferentes grupos irrumpen uno contra el otro, con todas sus fuerzas, porque saben que detrás tienen la impetuosa corriente del Eurotas. Y si alguien consiguiera nadar hasta la orilla, se encontraría con algo mucho peor: tendría ante sí a todos los espectadores del combate que, por su cobardía, se estarían burlando de él hasta el día de su muerte.

De modo que nadie se atreve a huir. Luchan a puñetazos, patadas, intentan sacarse los ojos, se dan mordiscos. Muchos caen, pero se vuelven a levantar y el combate no se detiene hasta que un grupo se ha impuesto a los demás.

Ayer vi a un muchacho, esbelto, atezado, luchar contra tres adversarios a la vez. Recibió más palos que nunca en su vida sin rendirse. Volvía a arremeter una y otra vez contra sus contrincantes con nuevas fuerzas, dando el grito de guerra de los espartanos. Sus ojos brillaban y sangraba como un cochinillo degollado.

Su jadeo llegaba hasta la orilla, sus pulmones se vaciaban de aire, su pecho estaba a punto de estallar. Pese a ello, volvió a atacar con la cabeza inclinada mientras su grito rasgaba el cielo en dos. En ese momento se oyó la flauta que anunciaba el fin del combate.

Pero él no la oyó. Cayó como muerto. Por suerte no lo estaba. Al poco rato se levantó y se besó con sus compañeros.

¿Comprendes ahora por qué Esparta no va a perder esta guerra? Al mismo tiempo, no debería perderla Atenas, porque, en ese caso, Grecia nunca más será lo que fue.

Esparta es y continuará siendo una ciudad pequeña. Atenas es la única que puede y debe dirigir Grecia.

Seguro que imaginas lo que quiero decir. Confieso que ese sueño me seduce. Quizás al final sea yo la persona que haga que Atenas y Esparta se acerquen. Pero, antes, he de vencerlas a las dos y no sé cómo voy a lograrlo. En cualquier caso, tengo un hijo aquí y dos ahí.

De momento, estoy aprendiendo a vivir como un espartano, y es más sencillo de lo que suponía. Los muchachos y las muchachas son irresistiblemente bellos cuando, juntos, hacen gimnasia desnudos.

Ser mujer en Esparta es más fácil que serlo en Atenas. Aunque quizás esté equivocado y lo que sucede es que aquí las mujeres manifiestan hacia el extranjero una especie de curiosidad sin malicia, como nos muestra Homero en el caso de Paris y la bella Helena. Sin embargo, los espartanos se niegan rotundamente a legislar contra la infidelidad conyugal. Se sentirían heridos en su amor propio.

Pero ¿qué sentido tiene ese amor propio suyo? No se preocupan de grandes cosas, no les interesa el arte ni la filosofía o la poesía a no ser en la medida en que le son útiles en la práctica. Llevan la vida de un guerrero y con gran frecuencia mueren como guerreros.

¿De dónde, pues, emana este orgullo suyo?

Lo más probable es que el orgullo para ellos no sea otra cosa que la ausencia de desconfianza, la ausencia de miedos vagos. Su orgullo consiste en que «siempre» pueden mirarse unos a otros a los ojos, mientras que no hay un ateniense mayor de siete años que no haya perdido la mirada inocente.

No somos imbéciles, decimos. Eso es cierto; no somos imbéciles. Damos por supuesto que nuestra esposa se meterá en la cama de nuestro mejor amigo en cuanto se le presente la ocasión. Aceptamos la realidad y somos bastante hábiles con las palabras, de tal manera que hacemos realidad casi todo.

El espartano no es nada de esto, pero es orgulloso.

A mí, por supuesto –lo sabes bien–, todas estas cosas me parecen tonterías. No puedes construir un Estado a base de leyes sobre el lecho y la mesa. El lecho y la mesa, como sus vástagos, la poesía y la filosofía, han de quedar siempre al margen de leyes y decretos.

Es más fácil apresar una nube que controlar el deseo erótico y la emoción. El deseo erótico y el pensamiento requieren mayor audacia de la que suponemos, prueba de que rara vez llegamos a excedernos con uno o con otro, y olvidar esto es llamarnos a engaño.

Nos engañamos a nosotros mismos cuando aparentamos que nuestros deseos y nuestras pasiones nos arrastrarán, y la mejor forma que tenemos de justificar nuestra incapacidad es poner límites a nuestros actos.

La libertad en Esparta consiste en no cometer errores. La libertad en Atenas consiste en poder cometerlos. ¿Cuál de las dos es preferible?

No lo sé. En cualquier caso, los atenienses nos equivocamos al creer que todos elegirían nuestra libertad. Olvidamos que muchos prefieren no elegir, aunque, de hecho, esto ya es una elección.

Muchos dirán que digo todo esto para justificar mi traición. Pero ¿por qué es traición elegir una vida diferente?

Voy a poner mi escudo y mi espada a disposición de Esparta, y esto me convierte en traidor a los ojos de quienes me han condenado a muerte. ¿Por qué he de tener que jugar su juego?

Han sido libres para cometer sus propios errores y yo soy libre para no cometer otros.

Me pregunto qué diría Sócrates sobre todo esto.

Posiblemente, lo que siempre decía, que confundo las cosas. Y quizá tenga razón. Siempre estaba confundido y confundía a los demás. Pero hay dos cosas que sé con absoluta certeza: que quiero vivir y que te amo.

Ahora tengo que terminar, porque no tardará en llegar Lisandro. Sé por qué busca mi compañía, me está estudiando, sobre todo mis debilidades. Iremos juntos a que me enseñe el *xoano* de Ártemis.

Los espartanos aseguran que la diosa reclama sangre como expiación. En los tiempos antiguos sacrificaban muchachos, pero Licurgo que era un hombre práctico legisló que era suficiente con azotarlos, lo cual es más sangriento.

Así, todos los años los espartanos azotan a algunos muchachos delante del *xoano* de la diosa, que está en manos de la sacerdotisa que lo controla todo. Y, según se dice, la estatua se aburre si la flagelación no es lo suficientemente dura, cosa que la sacerdotisa indica con toda severidad, y la sangre corre a raudales, aunque nadie muere.

Lisandro ha sido azotado, he visto las cicatrices en su cuerpo. Veo que ya viene. Algo en él es como el destino.

Te beso ahí donde tú sabes.

Salud.

*

Leí la carta varias veces. ¿Era feliz? No estaba segura, pero al menos estaba vivo y eso bastaba por el momento. Por supuesto que no podía ir a visitarlo. Los atenienses estaban acostumbrados a políticos que los traicionaban de vez en cuando, mientras que una hetera no los había traicionado nunca.

Entretanto, la expedición en Sicilia iba de mal en peor. Resultó que las ciudades de la isla eran más fuertes de lo que habíamos calculado y además recibían ayuda de Esparta, siguiendo los insistentes consejos de Alcibíades.

La angustia por saber lo que estaba sucediendo allá lejos no disminuyó por el hecho de que los espartanos hubieran construido un fortín en los alrededores de Atenas y estuviesen devastando el territorio en invierno y en verano. También esto respondía a los consejos de Alcibíades, que sabía cómo vencer a Atenas.

La situación era cada vez peor. La expedición fracasó por completo y el ejército fue diezmado. No sabíamos detalles, pero, en cualquier caso, lo que sabíamos era suficiente.

Miles de atenienses fueron hechos prisioneros y enviados a las minas. La escuadra fue hundida. Nuestros aliados ya no tenían confianza en nosotros y circulaban insistentes rumores de defección. Desde la fortaleza de Decelia, jinetes espartanos aterrorizaban a los campesinos que ya no se atrevían a salir a sus campos.

Entretanto, Alcibíades navegó rumbo a Asia Menor y levantó allí las ciudades contra Atenas. La derrota total de la ciudad estaba cada vez más cerca. Los atenienses estaban desesperados y, de repente, yo me convertí en el centro de sus iras.

La cosa comenzó casi inocentemente. Una mañana, a la hora en que daba mi paseo cotidiano, me tropecé con dos muchachos. Uno era el hijo menor de Alcibíades. Los saludé y continué mi paseo. Por alguna razón, miré de nuevo hacia atrás y los vi dispuestos a tirarme piedras.

¿Tenían realmente la intención de apedrearme? Los muchachos desaparecieron corriendo.

Se me fueron las ganas de seguir paseando y regresé a casa, donde me encontré a Roxana llorando. Unos jóvenes habían arrojado excrementos a mi patio. Cuando Roxana salió y los riñó, ellos continuaron gritando que las putas duermen mejor entre excrementos y, riendo, la convirtieron en el blanco.

La tranquilicé como pude. ¿Quién me tranquilizaría a mí?

Mandé recado a Sócrates, que vino inmediatamente a mi casa.

–¡Tienes que marcharte! –dijo.

–Pero ¿yo qué les he hecho?

–Tú, nada. Pero Alcibíades muchas cosas.

–¿Y soy yo responsable de sus actos? –le pregunté.

–Pero ¿es hora ya de preguntas? –se rió Sócrates–. No tienen ganas de responderte, y tampoco tienen necesidad de hacerlo. Son como niños. Se están vengando. La venganza nada tiene que ver con la justicia o con la lógica. ¡Simplemente márchate ahora que puedes!

–¿Harías tú eso en mi lugar?

–No es lo mismo.

–¿Por qué no?

–Yo he vivido toda mi vida aquí. Mi vida entera está aquí, mientras que tú tienes la vida por delante.

–¿De modo que estás dispuesto a morir injustamente? –le pregunté, en tono provocador.

–¿Sería mejor si muriera justamente? –me respondió sonriendo.

A pesar de todo, no abandoné la ciudad. Me limité a mandar a El Pireo a un criado de confianza y a su vuelta trajo consigo tres corpulentos esclavos de Egipto. Dormirían en la puerta de mi alcoba, aunque uno se metió en la habitación de Roxana ya desde la primera noche.

No me importaba. Me limité a aconsejarle que ahora que había abierto los brazos a uno, tenía que abrírselos también a los otros. No había necesidad de más problemas.

–También yo lo he pensado –me dijo.

Los atenienses nos dejaron tranquilas y al poco tiempo me sentía tan segura que abrí también yo mis brazos a los egipcios. Me preparaba para una vida sin Alcibíades. No podía imaginar que volvería a verlo.

Fue entonces cuando enfermó Hipareta. Iba a visitarla todos los días y ambas teníamos la extraña sensación de que el hombre que nos había convertido en enemigas, ahora que estaba ausente, nos hacía amigas.

Estoy segura de que algunos encuentran muy normal esta evolución, pero para mí era absurda, una especie de sofisticación erótica digna de un Gorgias.

Las alegrías del amor no se comparten, se comparte el sufrimiento que produce. Cuando gozamos del amor somos arrogantes, crueles, duros de corazón.

El dolor del amor perdido nos volvía humildes, tiernas, cariñosas. Si alguna vez Afrodita nos enviara una epidemia de amor desafortunado, viviríamos en un mundo mejor.

Hipareta no compartía mi opinión.

–¿Por qué crees que querríamos vivir en un mundo mejor? El mundo en el que vivimos es el que conocemos y no queremos ningún otro. Helena se arrojó a los brazos de Paris y prendió fuego al Universo. Luego se aburrió de él. Pero ¡ya era tarde!

No comprendía lo que quería decir.

–Se vio obligada a empezar a amarlo en el momento justo en que se había cansado de él y de sus niñerías. En el momento en que deseaba las caricias seguras de su esposo, que, sin embargo, ¡estaba ya a las puertas de Troya, armado hasta los dientes y decidido a acabar con todos! Así es el mundo en el que vivimos y no podemos vivir en otro.

–¿Y cómo, entonces, justificaremos los errores nuevos con los antiguos? –le pregunté. Y hasta a mí el tono de mi voz me pareció un tanto retórico.

–Pero ¿quién está hablando de errores? –dijo Hipareta, fatigada–. Parece como si tú creyeras que las personas piensan primero y actúan después. Sucede justo lo contrario. Primero actuamos y luego pensamos, no por otra razón sino porque rara vez sabemos por qué actuamos del modo en que lo hacemos. ¡Nuestros actos nos obligan a pensar, no son nuestras reflexiones las que nos obligan a actuar!

–Pero ¡no somos animales! –objeté, en un tono acre.

–¿Y qué somos? Tú no tienes un hijo (Hipareta no sabía que tenía una hija). ¿Has visto alguna vez parir a una mujer? Cualquier ternera, cualquier cabra muestra más dignidad que todas las parturientas de buena familia juntas. Gritamos, descomponemos el rostro, sudamos, volvemos a gritar, impacientes, doloridas, fuera de nosotras mismas. Queremos expulsar de nuestro vientre ese peso lo más pronto posible. Eso es lo único que queremos. Luego, alguien nos pone en los brazos al recién nacido y nos dice: «Coge a tu hijo», y ese peso se convierte en nuestro hijo. No nos hacemos madres hasta que no se ha amortiguado el dolor, hasta que nuestro cuerpo no es nuestro de nuevo; entonces nos convertimos en madres, y eso con la ayuda de los demás.

Se recostó, agotada, sobre los almohadones. No dije nada. Humedecí una toalla y le froté la frente, que ardía por la fiebre. La vida la abandonaba. ¿Qué sentido tenía discutir?

No sólo por ella, también por mí. No era ni un filósofo ni un político. No podía guiar los pensamientos de los hombres, ni sus acciones. Era una hetera. Daba placer y satisfacción erótica. Nada más. En el mejor de los casos, quizá también despertara algunos sueños que llevaban adheridos dentro de sí, como la perla en la concha.

Sentí vergüenza. En cualquier caso, Hipareta estaba equivocada. El mundo no es lo que es, sino lo que nosotros hacemos de él, y no somos animales. Los animales no ríen.

Ese era el problema de Hipareta. No podía reír. Podía amar y sufrir. Reír, no podía y ahora ya era tarde.

Por eso no dije nada.

*

A decir verdad, es un consuelo dejar por escrito lo que ha sucedido, tus pensamientos y tus actos.

Es como proclamar auténtica tu vida, pese a que se ponga en tela de juicio la autenticidad de quien la proclama.

Damos nuestro testimonio sobre la vida de los demás; otros dan testimonio sobre nuestra vida, y cuando todos ya se han ido, los testimonios permanecen.

Por eso hay que dejar testimonio, pese a que se corra el riesgo de enojar a inocentes y a culpables. Dar tu testimonio significa plantarte firme en medio de la corriente de la vida, ser diana fácil para todos los dardos venenosos que te arrojan desde ambas orillas.

Pese a todo, es un gran consuelo. No el único, pero sí el más grande. Quizá lo sepan bien quienes al menos una vez en su vida han construido un castillo en la arena, ¡tanto esfuerzo para una construcción condenada desde el principio!

Digamos que la vida es como una casa en la arena, y de arena. Sabemos que puede desplomarse en cualquier momento, incluso la ola más suave, la que se mueve como la cola de un perro, puede derribarla. Y, sin embargo, continuamos con nuestro trabajo, llenos de entusiasmo y confianza.

Así tendríamos que vivir.

Tengo un peso dentro de mí. El mismo peso que sentía en la humilde casita de campo en Frigia, cuando aguardaba lo inevitable. De vez en cuando oía que Alcibíades, el padre de mi hija, suspiraba en sueños. Una vez, sin embargo, rió.

En otro tiempo su risa habría hecho que se esfumara mi melancolía. No, en cambio, aquella noche en Frigia, en la que todo cambió.

La luz que entra por mi ventana se está debilitando. Tengo que darme prisa; tengo que dejar escrito mi testimonio sobre la vida y sobre mi vida.

Estoy edificando en la arena, lo sé, pero no puedo hacer otra cosa.

*

Como he dicho, me preparaba para vivir en Atenas sin Alcibíades. Sin embargo, me equivocaba, porque volví a verlo una vez más. Incluso regresó a Atenas en una ocasión y fue recibido como vencedor y como un héroe.

El juego político era bastante sutil. Los tiempos eran contradictorios. Lo que sé, lo sé por él, y no creo que me mintiese. ¿Por qué iba a hacerlo? Claro que siempre existe la posibilidad de que se engañara a sí mismo.

Después del desastre de los atenienses en Sicilia, comprendió que los espartanos ya no lo necesitaban, podían confiar en sus propias fuerzas, por lo que les convenía recordar que, en definitiva, tenían que vérselas con un traidor, cosa que Alcibíades ya había previsto.

Por eso huyó de Esparta y solicitó asilo al sátrapa Tisafernes, que odiaba a los griegos en lo más profundo de su corazón. Alcibíades había traicionado a su ciudad, ahora traicionaba a toda Grecia.

Tisafernes no era tonto. Simuló que se volvía loco con Alcibíades. Le puso su nombre a una de sus fincas más hermosas, lo sentó a su mesa en lugar de honor y dejó que circulara el rumor de que lo escuchaba en todo.

A Tisafernes le traía sin cuidado cuál de las dos venciera, él quería aniquilarlas a ambas y esperaba conseguirlo con la ayuda de Alcibíades.

Los espartanos actuaron con tan poca diplomacia como sólo ellos son capaces de hacerlo. Decidieron nada menos que asesinar a Alcibíades. Los atenienses, como siempre, fueron más flexibles, e intentaron entablar algunos contactos secretos con él.

Si convencía a Tisafernes de que los ayudara, le perdonarían todo lo que había hecho y lo acogerían de nuevo en la ciudad. Alcibíades estaba dispuesto a hacer lo que fuese por regresar.

–¡Añoraba tanto Atenas –me dijo– que al oír su nombre mis ojos se llenaban de lágrimas!

¿Y yo no le faltaba?, me pregunté a mí misma, aunque a él no le dije nada. Fue lo más prudente, porque ahora también yo lo sé. No hay mayor añoranza que la de tu cielo, tu tierra, tu mar. Olvidas a tu amor, pero estas cosas no las olvidas.

Se siguieron diferentes sucesos, entre otros, también una breve tiranía en nuestra ciudad, poco antes del regreso de Alcibíades.

Bajé al puerto a recibirlo y encontré a miles de personas esperándolo. Entre la gente distinguí a Hipareta, pálida como la cera, con sus hijos.

El trirreme que lo traía no atracó de inmediato. Lo vimos andar por la popa observando atentamente a la multitud.

–Tenía miedo –me explicó más tarde–. Quería ver si mis amigos estaban esperándome. Primero te vi a ti, a continuación, a mis hijos y a Hipareta, luego a mis primos, y estuve seguro de que no había peligro.

Desembarcó, y la gente lo saludaba y quería estrecharle la mano. Algunos de sus hombres habían formado un cordón a su alrededor para protegerlo. Su hijo pequeño se deslizó entre ellos y se echó en sus brazos llorando.

Alcibíades lo levantó en el aire como una bandera, la gente lo aclamaba y todos en masa se encaminaron a la ciudad junto a él. Yo me quedé sola, la última, ni siquiera sabía si me había visto.

A mi casa vino por la noche. La pasamos en vela. No hicimos el amor, ¡teníamos tantas cosas que decirnos!, sobre todo él. Había cambiado, algo nuevo había arraigado en su interior, una serena dignidad.

–No son los hombres quienes están en mi contra –dijo–. Contra mí está la oscura diosa, la todopoderosa Fortuna. El juego está perdido, pero lo jugaré hasta el final.

La Fortuna no estaba de su parte. Cuando estaba a punto de partir hacia Sicilia, los augurios no fueron favorables. Y volvieron a ser malos otra vez: el día de su llegada se consideraba de mal presagio. Todos lo sabían y en cuanto pasó el primer entusiasmo comenzaron las calumnias.

–¡Es cuestión de tiempo! –me dijo.

–Todo es cuestión de tiempo –le respondí.

No me voy a enredar en los detalles porque carecen de interés. Una guerra se parece a otra y una batalla, a otra. No aprendes nada de los hechos porque no son más que velados reflejos del albedrío humano. Este es el enigma.

Le pregunté qué quería.

–No sé –me respondió–. Nunca lo he sabido.

Monté en cólera. Sucesivamente había engañado a su familia, traicionado a su ciudad y a su patria. Había iniciado una guerra sólo para hacer de general y ahora tenía el descaro de decirme que no sabía lo que quería y que había pasado la vida como un topo.

Me levanté de la cama –además, estaba contrariada porque no habíamos hecho el amor– y comencé a darle una lección de ética. Tenía que asumir sus responsabilidades, era lo menos que podía hacer. De lo contrario, no quería saber nada de él.

–Así que me abandonarás también tú –dijo sin mirarme.

Sin embargo, yo sí lo miré, cosa que no debía haber hecho. Seguía siendo el hombre más atractivo que había visto, y los años no lo tocaban. Su cuerpo era esbelto; su piel, suave como la seda; sus ojos brillaban.

–¡Ojalá pudiera! –susurré, derrotada por su belleza y por el repentino pensamiento de que debía tomar partido por mi amor, incluso aunque mi amor estuviese equivocado. ¿Por qué otra cosa iba a tomar partido?

Pese a todo, no volví a la cama. Él permaneció un buen rato en silencio. Luego se levantó y comenzó a vestirse. Me horroricé. Una cosa así nunca había sucedido. Habíamos pasado veinte años juntos, habíamos hecho lo que pueden hacer un hombre y una mujer. No quería perderlo. Quería castigarlo, quizá, pero no perderlo.

–¿Adónde vas? –le pregunté.

–Ven conmigo, si quieres.

Salimos fuera en medio de la noche de verano. Anduvimos vagando por la ciudad durante un buen rato. Por doquier, tranquilidad. Nos encontramos únicamente con dos jóvenes centinelas que se alteraron cuando lo reconocieron. Continuamos hasta salir de la ciudad. Allá, al fondo, se veía Decelia y el fortín de los espartanos. Habían encendido una gran hoguera.

–Siempre me ha gustado el fuego –dijo casi con pena–. ¿Sabes que algunos pueblos queman a sus muertos?

–¡Terrible! –dije yo, sintiendo un escalofrío sólo de pensarlo.

–¡Y terriblemente puro! –dijo. Y añadió–: ¡Como deberíamos vivir, más o menos!

Continuamos nuestro paseo en la noche oscura y calma. Deseaba que no terminara jamás. Me volví hacia él. Abrió los brazos y comprendí, al fin, que había regresado, e hice lo que había hecho su hijo pequeño.

Lloraba sin parar.

Yo tenía una nueva luna de miel con él, y él tenía una nueva luna de miel con los atenienses.

Entre nosotros todo había cambiado. Éramos atentos, tiernos, fieles. Ya no explorábamos nuestros deseos, confiábamos el uno en el otro, estábamos tranquilos. Descubrimos el placer de las caricias sin exigencias, los párpados cerrados, el susurro en la oscuridad.

Habíamos dejado tras nosotros la precisión del sexo. Unas veces era él la mujer, otras era yo el hombre, pero siempre estábamos presentes los dos, aunque ocultos bajo una nueva y cómoda ambigüedad.

En otras palabras, estábamos envejeciendo. Pero envejecíamos juntos, ¿podía acaso hacer lo mismo con los atenienses?

Los primeros meses transcurrieron sin problemas. Fue absuelto de todas las acusaciones y la ciudad lo nombró el general de más alto rango, con plenos poderes, y él demostró su agradecimiento conduciendo a los atenienses a los Misterios de Eleusis ante los ojos de los espartanos que vigilaban la Vía Sacra sin atreverse a intervenir.

Durante dos años seguidos, por miedo a la guarnición espartana de Decelia, habían estado haciendo el camino a Eleusis por mar, y no por tierra, cosa que hería enormemente su amor propio.

Los atenienses no tienen buena memoria y Alcibíades era ateniense. No tardó en empezar a prepararse para continuar la guerra. Se construyeron naves nuevas y se realizaron con éxito una o dos escaramuzas. Entre otros, consiguió vencer al espartano Míndaro y hacer prisionero al mensajero que llevaba la noticia a Esparta. Envió la carta a Atenas y se leyó en el ágora.

> Las naves han sido aniquiladas. Míndaro está muerto. Sus hombres tienen hambre. No sabemos qué hacer.

Los atenienses recuperaron la confianza en sí mismos, pero Alcibíades me envió una carta en la que me desvelaba sus inquietudes.

> «Esta vez tuve a la Fortuna de mi lado. Míndaro no sabía que me encontraba cerca de él y fue cogido por sorpresa, cosa absolutamente indispensable para vencer a los espartanos.

Estuvo lloviendo durante todo el día, y pensaban que habríamos anclado. Así que nos acercamos sin que pudieran vernos antes de que ya fuera tarde.

Habíamos ganado una victoria importante, no la guerra, y lo comprendí al leer su mensaje.

No sé cómo se puede vencer a un pueblo que jamás vuelve la espalda, que afronta las mayores catástrofes con tan pocas palabras y que siempre encuentra un nuevo general mejor que el anterior.

Sé que ha llegado el turno de Lisandro. De todos modos, no puedo hacer otra cosa que ganar cada batalla confiando en que alguna será la última.

El ejército está completamente de mi parte. Creen que soy invencible. Hace pocos días tuvimos la posibilidad de reforzar nuestras formaciones con hombres de otros destacamentos. Sin embargo, los míos se negaron. «No nos mezclamos con hombres que han probado la derrota», decían. Y sentí una gran satisfacción.

Pese a todo, Lisandro me preocupa.

Ayer volví a soñar contigo».

Por supuesto, me alegré de encontrarme en sus sueños, aunque hubiera preferido estar en su cama.

Recordaba que Alcibíades había calificado a Lisandro de «inevitable». Se demostró que tenía razón, como he dicho antes. No era culpa de Alcibíades, la Fortuna no estaba de su parte. La Fortuna estaba de parte de Lisandro, que, al final, masacró a los atenienses en Egospotamós, sin que Alcibíades pudiera hacer nada.

Veintiocho años duró la guerra y terminó con la derrota de Atenas.

Pasaron casi tres años sin que viera a Alcibíades. Hipareta murió. No fui a su funeral, pero más tarde fui a su tumba. Tenía muchas cosas que decirle, pero ya era tarde. Poco a poco me acostumbré a visitar su sepultura y a ocuparme de ella como si se lo debiera.

Después de la derrota, la ciudad sufrió el terrorismo del gobierno oligárquico que impuso Esparta. No pasaba un día sin detenciones, destierros y asesinatos. Los Largos Muros fueron destruidos al son de las flautas. La Acrópolis quedó convertida en cuartel y prisión.

La mayoría de mis amigos abandonaron la ciudad, otros se ocultaban en sus casas de campo. Tan sólo Sócrates venía de vez en cuando a visitarme. No tenía miedo, pese a que su vida corría peligro.

Denunciaba públicamente los crímenes de los tiranos y todos los días recibía amenazas.

Me contaba todas las barbaridades que estaban sucediendo. Más de mil atenienses habían encontrado la muerte.

–¡Y tú estabas en contra de la democracia y a favor de la tiranía! –le dije una noche.

Permaneció en silencio un buen rato.

–Yo estaba, y sigo estando, en contra de cualquier poder. Yo estaba, y sigo estando, a favor de una sociedad en la que las leyes garanticen la libertad y la independencia de todos los ciudadanos. Nunca hemos tenido una sociedad así y me temo que no la tendremos jamás.

–¡Naturalmente que no, dado que las leyes son obra de los hombres!

–¡No, Timandra, no! Las leyes no son obra de los hombres. Existen algunas, idénticas, pero leyes divinas, que los hombres, no obstante, no están preparados para aceptar. Esto es lo único que he intentado decir durante toda mi vida.

–Pues no has tenido mucho éxito que digamos. ¡El más sanguinario de los tiranos ha sido discípulo tuyo! –seguí hostigándolo.

De nuevo guardó silencio, pero, como siempre, volvió a tomar la palabra:

–Yo era un gran árbol viejo. Muchos han descansado a mi sombra. Luego, cada cual ha tomado su camino, pero yo sigo siendo ese árbol viejo. No he hecho a los hombres ni mejores ni peores. Simplemente les ofrecía mi sombra. Eso es todo.

Sentí pena por él. Me senté a su lado. Apoyó la cabeza en mi regazo y le acaricié las sienes. Sentía su latido en mis dedos.

–¿Se arreglarán las cosas algún día? –le pregunté sin esperar respuesta. Tampoco la tuve.

Se hizo el silencio a nuestro alrededor. Mis criados se fueron a dormir, apagaron las lámparas. Sólo se oían los gritos de los centinelas. Un perro ladraba. Quería dormir. Quería echarme en la cama, pero no quería quedarme sola.

Mi viejo amigo me hizo compañía aquella noche. Me acogió en sus brazos como si fuera un bebé. De repente, poco antes de quedarme dormida oí que se reía.

–¿De qué te ríes? –le pregunté.

–¡Si nos viera Alcibíades ahora! –dijo. Me dio la espalda y se durmió enseguida.

Cuando por la mañana desperté ya se había ido.

La situación empeoraba por días. Nuevos juicios ficticios y destierros. El más duro de todos los tiranos, Critias, que era muy joven y atractivo, había formado su guardia personal con jóvenes secuaces, casi niños, y con su ayuda había dado la vuelta a todas las leyes.

Patrullaban armados de puñales, y bastaba una señal de Critias para que hirieran hasta a su propio padre. Una tarde estaba sentada en mi patio mirando el gran olivo que allí había, cuando vi que Terámenes, un ciudadano honrado, corría hacia un altar para encontrar asilo.

Las jóvenes bestias lo perseguían sin respetar las costumbres ancestrales. Irrumpieron en el templo y lo sacaron de allí a rastras y lo obligaron a beber el veneno.

Vi que levantaba la copa. Distinguía claramente su rostro, que no mostraba ningún miedo, y oí sus últimas palabras:

–¡Bebo a la salud del bello Critias! –dijo.

Y apuró la copa hasta las heces. Uno de los secuaces del tirano le dio un puntapié en el costado. En ese preciso instante tomé la decisión de abandonar Atenas.

Pero ¿adónde podía ir?

Lo único que sabía sobre Alcibíades no era más que un rumor, que se dirigía al rey de los persas para pedirle ayuda.

Los días pasaban y yo daba vueltas, de un extremo a otro de mi patio sin poder hacer nada. Mandé un recado a Sócrates. Mi criado no dio con él en ningún sitio, cosa que no era normal, pero había una explicación. Critias y Caricles lo habían citado para un interrogatorio.

Toda la ciudad se divirtió con aquel encuentro. Los tiranos acababan de promulgar una ley que prohibía cualquier enseñanza de retórica. En realidad, la ley se refería únicamente a Sócrates, que les habló en los siguientes términos:

–Yo siempre he sido fiel a las leyes. Así pues, para esclarecer las cosas he de preguntar algo muy sencillo: ¿qué se prohíbe exactamente? ¿Hablamos de cosas verdaderas o falsas?

–De cosas falsas. Por supuesto –dijo Critias, que tenía aspiraciones filosóficas.

–Si un joven me pregunta dónde está Critias en este momento, ¿tengo derecho a responderle?

–¡Así es! –manifestó Critias.

–Y, sin embargo, si me pregunta si Critias es un buen líder, ¿tengo derecho a responder «sí, lo es»?

–¡Con toda seguridad!

–¿Y no puedo responder que Critias no es un buen líder?

–¡Por supuesto que no!

–Es decir, cuando miento, puedo hablar, pero cuando digo la verdad, no puedo hablar. ¿Lo he entendido bien?

Caricles, que no destacaba por su inteligencia, montó en cólera.

–¡Sócrates, peligra tu cabeza! –siseó entre dientes.

–Amigo Caricles, ese peligro no lo tendrás tú jamás –le dijo, y se levantó y se marchó tranquilamente.

Tras él se oyó a Critias reírse cuando Caricles le preguntaba una y otra vez qué había querido decir Sócrates.

En el ágora lo esperaba un montón de gente deseosa de saber qué había sucedido.

–¡Se me prohíbe que hable, excepto si miento! –les explicó Sócrates.

–¿Qué quieres decir, Sócrates? –le preguntaron.

–Se trata de una nueva ley. Sólo podemos hablar cuando decimos mentiras.

–¿Y para eso se necesita una ley? –dijo un conocido comerciante en cereales.

Todos rieron, y así pasamos aquella tiranía.

*

No estuve en Atenas para presenciar la caída de la tiranía, porque, entretanto, había recibido un mensaje de Alcibíades en el que me pedía que fuera a encontrarme con él. Tenía mis dudas, por supuesto. El viaje era largo y no carente de peligros, y además ¿qué podía ofrecerme? Lo había perdido todo, poder, riqueza y, con toda probabilidad, también su atractivo. ¿Qué podía ofrecerme?

–¡Su final! –me dijo Sócrates–. Puede ofrecerte su final. Nadie te dará jamás un regalo más grande.

Primero no dije nada, pero luego no pude contenerme.

–Me parece que aún lo amas –le dije.

Ahora era su turno de callar, al menos de momento.

–Sí. Aún lo amo. Recuerdo cuando se presentó por primera vez en el ágora, donde yo lo miraba todo, embobado, junto a unos patanes de Quíos. Nos dejó sin aliento. Aunque al mismo tiempo percibí también aquello que lo llevaría a la situación en la que hoy se encuentra (solo, abandonado, odiado). Todo su esplendor provenía de algo sombrío que existía en su interior. Esperaba llenarle aquel vacío con mis palabras, y algunas veces lo lograba, pero no duraba mucho, como sabes. Más tarde, esperaba que tú tuvieras éxito allí donde yo había fracasado. No creo que lo hayas conseguido, pero tampoco pienso que hayas fracasado. Al menos, no aún. Mi fracaso, en cambio, es absoluto. Por eso te digo: «Ve a buscarlo».

Así, decidí hacer el viaje que me trajo a esta pobre casita de campo en Frigia en la que me encontraba y observaba el sueño inquieto del padre de mi hija, mientras a la vez, fuera de la casa, se oían pasos de enemigos desconocidos.

Ya no se escondían. No sabía qué querían, pero, en cualquier caso, no podía ser nada bueno. A la débil luz del alba los vi recoger leña y amontonarla alrededor de nuestra casa.

Alcibíades soñaba, y lloraba en sueños. Temía despertarlo. Por fortuna, abrió los ojos por sí solo. Su pesadilla había terminado. Es decir, una de las pesadillas. De la otra que nos esperaba no sabíamos nada.

*

No imaginaba que me llevaría tantos años terminar este relato. Comenzó una noche, hace diez años, en una casita de campo, una noche que no podía conciliar el sueño, una noche que sería la última junto al hombre que amaba.

Han pasado diez años desde entonces y todo ha cambiado. El mundo y su luz han envejecido, mi vida se ha empobrecido y esta historia ha perdido a su destinataria.

Mi hija ya no vive. Para ella escribía, y ella no existe ya. ¿A quién voy a dirigir ahora mis palabras? ¿Y qué valor tienen unas palabras sin destinatario?

No obstante, no la interrumpiré aquí. Durante diez años he dejado que reine el silencio. Ahora es el momento de hablar de nuevo. ¿A quién? No tiene importancia, alguien escucha siempre, al menos eso creo, y tengo que creerlo, de lo contrario no tendría fuerza para continuar.

No soy un filósofo para hablarle al aire.

Soy Timandra, la hetera. Toda mi dicha se la he dado a los demás, y toda mi dicha la he tomado de los demás.

Pero sobran las explicaciones. Mi hija ya no vive. Nunca leerá esta historia y no se me ha brindado la ocasión –o no he aprovechado las ocasiones que se me dieron– de salvarla del destino que la aguardaba.

Murió sin que yo la viera. Encontró una muerte terrible y lenta en la próspera Lárisa, adonde había llegado como hetera, con diecinueve años y, según me dijeron, de una belleza deslumbrante.

Algunas heteras menos dotadas no soportaban su belleza, que las tornaba invisibles, y la lapidaron: «¡Corre!», le gritaban, únicamente para acosarla, pero ella no se movió, me dijeron.

Permaneció de pie, quieta, hasta que una enorme piedra le dio en la sien y cayó al suelo muerta. Aquellas enloquecidas ménades que la rodeaban volvieron en sí y lloraban y se maldecían unas a otras.

–¡¿Qué hemos hecho?! –gritaban–. ¿Qué hemos hecho? –Miraban su hermoso cuerpo exánime, que era tan parecido al de ellas, y sin embargo tan distinto.

–¡Soy la hija de Timandra! –había dicho–. ¡No salgo corriendo!

¡Qué absurdo es el ser humano! Lo soporta todo y muere por una gota de dignidad. También yo por una gota de dignidad continúo hablando, a pesar de que me produce un gran sufrimiento, a pesar de que lo único que quiero es olvidar.

Sin embargo, no puedo olvidar.

*

Alcibíades despertó y en su mirada noté un miedo agresivo. Le pregunté qué le pasaba. No respondió, se limitó a señalar la copa de vino. Se la di y bebió grandes sorbos; luego se echó de nuevo en la cama.

Había sudado y le enjugué el rostro con mi túnica. Después, le sequé el cuello, los hombros, el pecho, y no me di cuenta en qué momento mi ternura se transformó en deseo y me impulsó a echarme sobre él.

Nos deslizamos por los arrumacos del amor de forma tan inevitable como una ola sigue a otra, hasta que llegamos a los ribazos sin sombras del placer absoluto. Caí sobre él con la ternura y la levedad de una gaviota que se posa en la espuma de las olas, y lo hice joven de nuevo.

Me cogió por las axilas. Yo puse las piernas alrededor de su cintura y luego me levantó con cuidado y me dio un paseo por la casa, mientras me pegaba a él como una lapa y sentía en mi interior una risa, una gran risa que no estallaba, que permanecía en mis entrañas como un torbellino de verano.

Quienes han visto un torbellino saben de lo que estoy hablando. Se presenta de repente, como un halcón, crece delante de nuestros ojos y desaparece dejándonos un sentimiento de peligro de muerte, mientras, al mismo tiempo, deseamos estar en el centro, que nos lleve con él.

Me llevó hasta la puerta. Allí se detuvo y me besó en los ojos, en los labios, como si quisiera sacarme el torbellino de mi interior, y luego, desnudos, indefensos, salimos fuera, al alba de Frigia.

–¡Nos van a matar! –musité.

–¡No ahora! ¡No pueden! –dijo, y me penetró más hondo.

Dio algunos pasos lentamente, oíamos sus voces, sabíamos que nos estaban viendo, pero que quizá no creyeran a sus ojos. ¿Y quién hubiera podido dar crédito?

Luego, regresó a la casa. Apenas tuvimos tiempo de entrar, cuando un montón de dardos silbaron a nuestro alrededor. No podían alcanzarnos. No podían hacer otra cosa que convertirse en símbolos del más intenso placer que habíamos experimentado.

Pensaba que mi cuerpo se iba a hacer mil pedazos y me pegaba a él mientras me echaba suavemente en la cama y volvía a penetrarme, más profundamente, como si quisiera meterse todo él dentro de mí, como si quisiera ocultarse.

Mi cuerpo tenía límites, la pasión tenía límites, y caímos exactamente allí donde comenzaban. Nadie puede convertirse en otro diferente, y dos no pueden hacerse uno, pero habíamos llegado a estar muy cerca.

Sentí que mi corazón latía con fuerza cuando salió poco a poco de dentro de mí, se tumbó a mi lado y dijo sonriendo:

–¡Esta ha sido la última vez, Timandra!

No me sorprendí, aunque refunfuñé y me incliné para besarlo.

–¡Aún quieres más!

Sin embargo, comprendía lo que quería decir y él lo supo.

–Sé quiénes son los que me esperan ahí fuera –dijo simplemente.

–¿Quiénes son? –le pregunté.

–No tiene importancia. Sé quién los envía y sé qué clase de personas se encargan de estos trabajos.

No dije nada. Luego concentré toda mi ternura en una única y exclusiva expresión:

–¿Tienes miedo?

Se volvió hacia mí. Lo miraba a los ojos. La estrecha línea que dibujaba su sonrisa se hizo aún más pequeña.

–No sé... –dijo–. Me preparaba para la muerte buscando esa frase perfecta que lo contuviera todo: mi deseo, mi miedo, mis victorias, mis derrotas.

Se detuvo y bebió un sorbo de vino.

–Nunca he logrado encontrar esa frase perfecta y de pronto he comprendido que la muerte jamás puede caber en el resumen de la vida, sencillamente porque la muerte es el resumen. Las palabras perfectas no se dirán jamás. Sí, tengo miedo, pero mi miedo no me asusta.

No tenía nada que añadir. Para cambiar de conversación le puse unas gotas de mi perfume en sus cabellos sudorosos.

–Puedes prepararme ya, si quieres.

–¿Por qué? ¡Todavía no has muerto! –dije, intentando aparentar alegría.

–Porque lo he visto en sueños –me respondió.

–¿Has soñado que habías muerto?

–He tenido un sueño extraño. Soñé que llevaba tu capa y tú me pintabas los labios de rojo, me ponías sombra en los párpados, me peinabas. Y todo el tiempo cantabas bajito y dulcemente, como si fuera un bebé y me estuvieras acunando. «¿Por qué cantas?», te pregunté, «¿es que estoy muerto?». No me respondiste, sino que seguiste cantando, y yo quería abrir los ojos y no podía. «Estás soñando», me dijiste al fin. «¡Todo es un sueño!» «¿Entonces no estará esa gente cuando despierte?», insistía yo. «En cualquier caso, yo estaré aquí», me respondiste y al fin, con gran esfuerzo, conseguí abrir los ojos, y de verdad estabas aquí. Pero ¡también esa gente está aquí!

–No –dije tranquila–, esa gente está ahí fuera.

Luego cogí carmín y le pinté los labios, le puse sombra en los párpados y, sin darme cuenta, comencé a cantar.

De repente, se oyó una voz terrible:

–¡Alcibíades, cobarde, sal fuera si eres hombre!

Sentí un escalofrío. Él se echó a reír.

–No tiene ningún sentido. Primero me llama cobarde y luego quiere que demuestre que no lo soy.

Se acercó a la ventana y gritó al vacío:

–¡¿Quién es ese pedo que habla?!

Silencio. Yo intentaba no soltar la risa. Luego me acerqué a la ventana, junto a él, y entonces lo vi. Era un gigante de más de dos metros, las barbas le llegaban hasta la rodilla y parecía que estaba meditando lo que iba a decir.

–¡Yo soy quien te habla! ¡Maldita la zorra que te parió! ¡Sal fuera y te cortaré los cojones y te los meteré donde tú sabes! –rebuznó el gigante con una vocecita de pito.

Alcibíades volvió a reír. Luego me dijo:

–Me recuerda a mi amigo Trasíbulo, que en lugar de argumentar gritaba cada vez más.

A continuación, se volvió de nuevo hacia la ventana.

–Vamos a intentar poner nervioso a ese bárbaro –dijo sonriendo, y gritó–: ¡Ven a rascármelos, pedazo de animal!

El otro respondió inmediatamente:

–¿Hasta cuándo te vas a esconder detrás del culo de tu puta, cabrón ateniense?

Alcibíades reía con todas sus ganas.

–¡Bueno es el bárbaro! –dijo con un brillo en los ojos–. Únicamente tengo que conseguir que se acerque solo.

Cogió la espada corta y se puso mi capa.

–¡Defenderé tu honor, Timandra! –dijo, sin parar de reír. Con los labios pintados y mi capa cubriendo su hermoso cuerpo salió de la casa gritando–: ¡Eh, bárbaro! ¿Me prometes que no te vas a cagar encima? Porque no soporto el ajo.

El gigante del alba no pudo contenerse. Levantó su terrible espada y arremetió contra él.

–¡Sabía que era un gilipollas! –me dijo Alcibíades, con una voz tan fría que me sorprendió.

Luego dio dos pasos cortos a un lado y hundió su espada en el pecho del gigante, exactamente debajo del corazón. En la expresión de su rostro reinaba la sorpresa.

–¡Timandra! –gimió, tomando a Alcibíades por mí.

Alcibíades limpió la espada en las barbas del muerto.

–¡Cuando se nace imbécil, se muere perplejo! –dijo, y corrió hacia la casa, mientras decenas de flechas caían a su alrededor.

Cuando entró se quitó mi capa y me la dio. Yo seguía temblando, pero él tenía una erección.

–¿Tan próximos están el amor y la guerra? –susurré.

–¡A menudo son la misma cosa! –dijo, y bebió un poco más de vino pausadamente.

Miraba su cuerpo desnudo y no me cansaba. ¿Por qué no era yo como Safo para escribirle cantos y alabanzas? Eso pensaba, aunque dije otra cosa.

–¿Cómo vamos a salir de aquí sanos y salvos? –le pregunté.

No respondió enseguida, se dirigió a la ventana y miró afuera. Luego, se volvió hacia mí.

–Piensan prendernos fuego, como a las alimañas –dijo.

El orto avanzaba lentamente y los primeros rayos cayeron de repente sobre el bosque.

–Va a hacer un día precioso –dije.

–¡Hemos tenido muchos días preciosos juntos, Timandra! –musitó.

–¡También tenemos una hija preciosa, juntos! –dije, de pronto, y yo misma me sorprendí.

Quizá no era el mejor momento para una noticia así, pero ya era tarde. Él no se inmutó, y tampoco mostró especial alegría. Únicamente me preguntó cómo se llamaba y dónde estaba.

–Se llama Laida y se la entregué a una familia de los alrededores de Corinto.

–¿Cuántos años tiene?

–Este año cumple diez. Hoy es su cumpleaños.

–¿Hoy? –me preguntó.

–¡Hoy!

Permanecimos un rato en silencio. Fuera de la casa los oíamos amontonar más leña, entre blasfemias y chistes. Estaban contentos de preparar nuestra muerte.

Alcibíades se quitó del dedo meñique el anillo de su familia y me lo entregó.

–Esto es para nuestra hija.

–¡Ojalá salgamos vivos de aquí! –dije, refunfuñando.

–¡Tú te salvarás! –me dijo, sonriendo, y en su voz percibí aquella extraña frialdad suya.

Me sentí avergonzada. Me puse el anillo en el cuarto dedo. Alcibíades se puso la túnica y las sandalias.

–¿Qué piensas hacer? –le pregunté.

–Negociaciones –me dijo sonriendo.

Se dirigió a la ventana y se quedó allí.

–¡Eh, muchachos! –gritó–. ¿Quién es el jefe?

Detuvieron su tarea y un hombre joven, armado con una espada corta, dio dos pasos y se situó delante de los otros, con los pies abiertos como un marinero.

–¡¿Qué quieres de mí?! –gritó.

Alcibíades lo miraba fijamente, como si tratara de adivinar su carácter.

–¿Cómo te llamas? –le preguntó.

–Me llamo Mentis –respondió el joven.

–Escucha, Mentis. Me pareces un buen soldado, y, en cualquier caso, quieres un combate honroso, ¿no es así?

–¡Continúa!

–Como sabes, no estoy solo. Tengo conmigo a Timandra. Seguro que has oído hablar de ella.

–¡¿Y quién no?! –gritó uno de los hombres, y Mentis lo miró con dureza.

–Deja que Timandra se vaya y saldré fuera inmediatamente.

–¿Y por qué he de creerte? –preguntó Mentis con indiferencia.

–Porque no tienes nada que perder. Como soldado, no te interesa una mujer. Además, te dará más satisfacción viva que muerta. Me quieres a mí, y me entregaré sin que te cueste ningún hombre más. Por supuesto, crees que me tienes en tus redes, pero es sabido que me he escapado de trampas peores que esta. Piénsatelo con calma. No me respondas inmediatamente. ¡Piénsatelo!

*

Me resultaba raro verlo hablar con Mentis. Su expresión cambiaba, de la absoluta frialdad con la que miraba a Mentis, a una sensual ternura cuando se posaba sobre mí.

¿Dónde estaban, pues, sus sentimientos? Nosotros, es decir, Mentis y yo transformábamos su expresión, ¿o era su expresión la que nos transformaba a nosotros? Mentis hacía que sus ojos se encogieran y se mostraran fríos. Yo hacía que los abriera y sonrieran.

Me invadió un inesperado sentimiento de dicha. Hacía veinte años que nos conocíamos y todavía provocaba una sonrisa en sus ojos.

«¿Por qué?», pensé. ¿Cómo he logrado mantener viva su pasión? Quería saber el secreto y deseaba que llegara un día en que me sentara con Sócrates y los demás a beber vino y a conversar sobre el enigma del amor, aunque en otro tiempo todas las explicaciones me aburriesen y prefiriese que los enigmas quedaran sin respuesta.

De repente, deseé que todos los enigmas y todos los mitos me cubrieran como grandes árboles, descansar bajo su sombra de la corriente del tiempo que nos atrapa a todos, invisible, pero real, tan real que convierte el resto de realidad en inverosímil.

El tiempo es la única dimensión real de este mundo, y es la única que no vemos. Y, sin embargo, luchamos contra él, intentamos medirlo con nuestras arrugas, cuando, en el fondo, sabemos que somos contingencias fortuitas.

Acababa de ver morir a un hombre degollado por la misma mano que un rato antes me levantaba en volandas por el aire como bandera del amor.

Todo era extraño. El bien y el mal, la vida y la muerte, el amor y el olvido. Lo uno penetraba en lo otro, lo uno era engendrado por lo otro, y otra vez desde el principio, en un continuo flujo, como las olas del mar.

De repente, se oyó a Mentis:

–¡Eh, Alcibíades, he hablado con mis hombres! ¡No aceptan!

–Inténtalo de nuevo.

–¡Sal fuera, ateniense mamón! –gritó uno de los hombres.

–No cabe duda –me dijo Alcibíades–, han decidido aceptar mi propuesta y se hacen los duros por pundonor.

Luego se volvió a los de afuera.

–¿No os sabéis otros insultos?

–¡Sal fuera y te mostraré lo que sabemos y lo que no sabemos!

–¡Si salgo os va a dar diarrea!

–¡Eres bueno hablando, ateniense, pero yo te voy a cortar en seco esa cháchara! –gritó otro, entrando también este en las negociaciones.

No daba crédito a mis ojos ni a mis oídos. ¿Era así como hacían la guerra?

–¡Eh, ateniense, mira aquí y te enseñaré una cosa bella! –gritó uno, con pretensiones poéticas.

Me comía la curiosidad y miré también yo. Uno de los hombres de Mentis se había levantado la túnica y nos mostraba su descomunal pene.

–¡No veo nada! –le gritó Alcibíades.

Los otros se partían de risa. Luego se hizo la calma. Probablemente, las negociaciones se habían interrumpido por el momento.

–¿Ahora qué sucede? –le pregunté, más por curiosidad que por miedo, porque me parecía como si estuviera en el teatro.

–Los estamos ignorando –me dijo.

–Pero ¿por qué no atacan?

Me miró con ironía.

–Parece que no conoces mi fama, Timandra. En Atenas me llaman Alcibíades el bello; aquí, en cambio, me llaman Alcibíades el invencible. Jamás he sido vencido en combate, aunque he participado en muchos. Me tienen miedo. Por otro lado, estos bárbaros son honestos en la guerra. No se enfrentan cincuenta contra uno. Su amor propio les obliga a ir uno contra uno, y han visto lo que le ha sucedido al imbécil ahí fuera.

No podía dejar de exasperarlo.

–Y bien, ¿cómo has llegado a ser tan famoso?

–Yo hago la guerra como hago el amor, ¡sin prejuicios! –me respondió, y su risa inundó la estancia.

–¡Sin leyes!, diría Sócrates –insistí yo.

Se puso serio.

–La vida no tiene leyes. Las sociedades y las ciudades tienen leyes, que las hacen quienes no tienen nada que perder. Por ejemplo, los persas no mienten nunca. ¿Quién sale ganando? Quien saca algún provecho de la verdad. ¿Quién saca provecho de la verdad? Quien tiene el poder en sus manos. Para los demás, la verdad es indiferente.

No tuve tiempo de protestar.

–Una tarde con Sócrates bastaba para convencerme de que el Bien y el Mal existen, y una tarde con cualquier sofista me convencía de lo contrario. ¿Por qué? No porque sea estúpido, sino porque es así. Todas las leyes, y mucho más aún las leyes de la ética, se basan en supuestos que no podemos demostrar. Sin esos supuestos, estamos desnudos, como pollitos recién nacidos. Uno habla del sentido de la vida; el otro, del sentido de la muerte; un tercero, de la voluntad de los dioses.

–¿Y tú? ¿De qué hablas tú? –le corté con brusquedad.

Me miró durante un buen rato sin responder.

–No sé...

Me eché a llorar, aunque lo veía torturarse y quería consolarlo.

–¡Te amo! –susurré y fue la primera vez en veinte años que pronunciaba estas palabras.

Me dio una copa, secó mis lágrimas.

–También yo te amo –se limitó a decir.

En aquel preciso instante el sol entró por la ventana y la luz cayó directamente sobre su rostro. Se sonrió y yo supe lo que estaba pensando. Del mismo modo lo había golpeado el sol en otra ocasión, hacía años, y desde entonces no sabía si era el elegido o el maldito.

–¿Todavía sigues preguntándotelo? –le dije, cogiendo su mano entre las mías.

–No –respondió, y se inclinó sobre mí–. Elegido o maldito, a fin de cuentas, es lo mismo.

Me besó en los ojos.

–Ahora tienes que prepararte.

–Pero ¿y si no quiero marcharme?

–¿Por qué no ibas a querer? Nuestra hija te espera. ¡Cuídala como a tus ojos!

–¡Te matarán!

–¡No es tan fácil! –sonrió, y me puso de pie–. Prepárate ya.

Casi no había terminado la frase, y oímos la voz de Mentis.

–¡Eh, Alcibíades! ¡Estamos de acuerdo!

–¡Sabía que eras un hombre razonable! –Alcibíades lo aduló. Luego me ayudó a sujetarme la túnica con la fíbula de oro y sus manos temblaban ligeramente.

–¡Estás temblando! –le dije.

–¡De deseo! –me respondió en el acto, y me empujó hacia fuera de aquella sencilla casita de campo en Frigia.

*

¿Hice bien en huir?

Esta pregunta me acompaña desde hace diez años, desde el día que lo dejé atrás aquella mañana.

¿Debí haberme quedado con el hombre que amaba y entregarme a la muerte junto a él? ¿O hice bien en salvarme yo y dejarlo solo?

¿Qué deserción es más impía? ¿La deserción del amor o la de la vida?

No lo sé. Lo único que sé es que la respuesta es diferente, dependiendo de las personas. Yo elegí traicionar al amor. Elegí continuar la vida, respirar, ver la salida y la puesta del sol.

*

Mi viejo amigo Sócrates eligió beber la cicuta en lugar de escapar. La noticia de su muerte la conocí hace poco. Al final tuvo razón. Los «asnos» se cobraron su venganza y él se entregó a sus manos. Las acusaciones contra él eran ridículas; tenía amigos muy poderosos, hubiera podido conmutar la pena por una multa, pero eligió el veneno. No le bastaba con vivir, quería vivir correctamente.

¿Fue más certera su elección que la mía?

No lo sé. Fue «su» elección. La mía fue otra. Elegí la vida y, sin embargo, aún me pregunto si hice lo correcto, y por las noches lloro.

¿Qué mundo es este en el que vivimos donde el bien se enfrenta al bien; el amor, al amor; la vida, a la vida?

¿Acaso es este el destino del ser humano, el de que las contradicciones no son supuestas, sino que nos vienen dadas?

¿Acaso fue esto lo que hizo que Alcibíades no pudiera elegir entre una vida acertada o equivocada?

Recuerdo cuántas veces decía que no es posible vivir con acierto en un mundo en el que lo inevitable y lo fortuito imperan a la vez. Pero entonces yo aún era feliz y no tenía tiempo para sofismas.

Ahora, en cambio, los sofismas se han hecho realidad. Han pasado diez años desde que dejé aquella modesta casa de Frigia y han sucedido muchas cosas. Mi hija está muerta. Sócrates está muerto. Yo sigo viva en la apacible Mileto, donde tengo un círculo de visitantes ricos y maduros que vienen a mí, no para encontrar nuevos placeres, sino para descansar, el placer más acorde con su edad.

Entre ellos hay algunos que se preocupan por mí de verdad, me preguntan y quieren saber sobre mi vida, y yo digo a cada uno una cosa diferente, para pasar el tiempo. A veces tengo visitantes de Atenas, que vienen para recordar épocas pasadas.

Sí; elegí la vida, y mi vida no es aburrida. Sin embargo, por las noches me invade el llanto.

No me resisto. Esta fue la última recomendación que Alcibíades me hizo cuando me empujó fuera de la casa:

–¡No te resistas, te hagan lo que te hagan! –me susurró al oído con voz entrecortada.

Cuando salí vi que el sol estaba ya alto y a pesar de que quería volver atrás, junto a Alcibíades, me obligué a mí misma a seguir en dirección al bosque, donde Mentis y sus hombres me estaban esperando.

Mentis dio una orden que no entendí, y tampoco hacía falta, porque los vi tensar sus arcos y disparar dardos de fuego sobre la techumbre de caña de la casa.

–¡No has mantenido tu palabra! –grité a Mentis, que me miró sin decir nada.

El techo se incendió enseguida. Por la puerta y por la ventana salía humo negro. Alcibíades no podía seguir allí dentro, tenía que salir. Quise mirar a otro lado para no verlo. Pero el humo atraía mi mirada como un imán.

Vi que salía de la casa en llamas. Sólo llevaba la túnica, con la cara al descubierto. No tenía ninguna protección, salvo la espada.

–¡Ven aquí, Mentis! –gritó, con una voz llena de ira.

Nadie se le acercaba. Disparaban con los arcos desde una distancia segura y como él no se movía, la mayoría de las flechas daban en el blanco. La leña que rodeaba la casa también se prendió. Dio algunos pasos, como si quisiera atravesar el fuego, pero no resistió. Cayó en medio de las llamas. Cayó en el fuego y murió como había vivido, ardiendo.

Los bárbaros gritaban vivas. Yo vomité. Mentis miraba a otra parte. Pero a los otros dos no les importó nada y se arrojaron sobre mí. Me hacían por la fuerza lo que yo siempre hacía por voluntad propia.

No opuse resistencia. No me importaba.

Mentis no aguantó más. Dio una orden tajante y tomó el camino en dirección al interior del bosque. Los demás lo siguieron inmediatamente.

A mí me dejaron tras de sí. El sol brillaba. El fuego se iba apagando. Olía a carne chamuscada. Me senté en el suelo y esperé. Luego me acerqué y busqué entre las cenizas. Encontré lo que había quedado. Huesos calcinados y la espada.

Cavé una fosa, deposité en ella los huesos y la espada y los cubrí con tierra. Encima coloqué la piedra más grande que pude levantar. No era demasiado grande.